MONACO, MON AMOUR

TAMARA BALLIANA
OLIVIA RIGAL

ISBN : 979-10-96949-22-9

Réalisé avec Vellum

PROLOGUE

TED

— Tout ça va me manquer, me dit Steve les yeux un peu humides en regardant la fête battre son plein.

— Mais tu seras tellement mieux en Floride avec Jimmy et Tiffany.

Plus ça va, moins notre québécois préféré supporte le froid. Il y a encore quelques années, la chaleur du midi suffisait à son bonheur. Aujourd'hui, nos hivers pourtant doux sont devenus trop rudes pour lui. C'est pour ça que Jimmy et moi avons décidé de lui proposer de participer à l'ouverture de notre filiale en Floride. S'il s'y plaît, il pourra y rester définitivement.

— Et ce sera plus pratique pour mes parents de me rendre visite, ils ne rajeunissent pas, ajoute-t-il tout songeur.

Des grésillements dans mon oreillette me font tourner la tête vers l'un des superbes jardins de la villa Ephrussi de Rothschild où sont installés les invités.

L'équipe qui s'occupe de la sécurité a fort à faire ce soir : une radio locale a eu vent du fait qu'Angel et son groupe se réunissaient pour un concert impromptu à Saint Jean Cap Ferrat et la nouvelle s'est répandue à toute vitesse. Nous avons rapidement compris qu'il allait falloir assurer pour avoir la paix.

Le mariage de Ken et d'Élodie sera sans doute en première page des journaux demain. C'est le prix à payer pour bénéficier du récital privé d'une des chanteuses les plus en vogue du moment.

Les jeunes mariés sacrifient à tous les rites traditionnels, y compris l'ouverture du bal par une valse. J'ai surpris le père d'Élodie à verser une petite larme. Il s'est repris et se tient tout droit dans son uniforme d'apparat, au bord de la piste, à les regarder danser. J'imagine qu'il ressent une certaine émotion à marier sa fille unique. Élodie est trop pudique pour l'avouer, mais je sais que si Ken et elle ont pris la décision de s'installer dans la région et de venir travailler avec moi à Monaco, c'est en grande partie pour se rapprocher de lui. Et le fait que Madison vive maintenant elle aussi à Saint-Tropez ne rend ce choix que plus logique. Pas très loin, à la table du père de la mariée, il y a notre gendarme de Saint-Tropez préféré et son épouse, ainsi qu'une poignée de collègues que le lieutenant-colonel Cossa a invités.

Du côté de Ken aussi, si l'on s'en tient aux seuls liens du sang, la famille est plus que réduite : il n'y a que Madison. Accrochée au bras d'Andrea, elle discute avec Tiffany. La petite brune et la grande blonde arborent toutes les deux les tenues de demoiselles d'honneur qu'Élodie a sélectionnées pour elles. Elles échangent un sourire complice qui me donne l'envie de me transformer en petite souris pour aller écouter leur conversation. Oublié pour ces deux-là le souvenir de l'homme qui les a réunis. Enfin je l'espère.

Arkady repose aujourd'hui six pieds sous terre et aux dernières nouvelles, sa mère coule des jours heureux et confortables grâce à tous les biens immobiliers que son fils avait mis à son nom.

Mais il n'y a pas que les liens du sang. Il y également la famille qu'on se choisit. C'est celle-là qui remplit la salle de réception et le jardin ce soir.

La famille Nkosi est là au grand complet. Leur présence a donné à Mouss, notre frère d'armes, l'occasion de réviser je ne sais quel dialecte africain en bavardant avec les parents de Malaika et d'Amhale. Ceux-ci sont sous le charme. Et d'ailleurs, à la façon dont les deux jeunes femmes le dévorent des yeux, il est clair qu'il a séduit les deux générations. Je sens que la fin de soirée va être compliquée pour lui.

Je balaie la salle du regard à la recherche de Jimmy, et finis par le trouver à côté de l'estrade où vont s'installer les musiciens et Angelina dès que la valse sera achevée. À ses côtés discutent James, Nathan et surtout celle qui pourrait se présenter au poste de présidente du fan club d'Angel en France : Mai-Lan. Alors qu'elle est habituellement si calme, la belle détective semble vibrer d'excitation à l'idée d'assister au concert privé que son idole donne pour nous ici, ce soir. Les hasards de la vie sont parfois incroyables.

La valse se termine sous les applaudissements, et le lieutenant-colonel Cossa s'approche de sa fille. C'est en le voyant lui tendre le bouquet qu'il tenait jusqu'alors dans son dos, que je comprends la raison de son air un peu guindé.

Un des techniciens passe un micro à Nathan qui se retrouve ainsi désigné d'office maître de cérémonie.

— Mesdemoiselles, si vous voulez bien vous avancer sur la piste de danse, Élodie va procéder au lancer du bouquet.

Nathan répète son annonce en anglais en forçant sur son accent français, ce qui déclenche l'hilarité générale.

Toutes les candidates au mariage se réunissent sur la piste de danse et l'une d'elles, plus impatiente que les autres, s'exclame :

— Vas-y, nous sommes prêtes !

— Pas tout à fait, répond Élodie en s'appropriant le micro de Nathan. Angelina, où es-tu ? Je sais qu'elle ne voudra pas rater ça.

— Mais elle est déjà mariée ! s'exclame Mai Lan qui à mon avis ne veut pas d'une concurrente supplémentaire.

La star arrive sur la scène en marchant tout doucement, les deux mains posées sur son ventre tout rond, et prend le micro des mains d'Élodie. C'est elle qui fera le décompte, je suppose. Deux secondes plus tard, James est à ses côtés.

— L'équipe est au complet, déclare-t-elle, Élodie, à toi de jouer.

— Oh, je sens que ça va être fun et je ne veux pas rater ça, me dit Steve en dirigeant son fauteuil près de la piste pour être aux premières loges.

Je m'apprête à le suivre, lorsque le chef de la sécurité m'interpelle.

— Boss, vous pouvez venir, s'il vous plaît ? Je suis à côté de l'entrée.

Grâce au micro dissimulé dans la manche, je l'interroge :

— Maintenant ?

— Oui, Ted.

Je fronce les sourcils, car c'est une équipe aguerrie qui est à pied d'œuvre ce soir, et le responsable ne me dérangerait pas sans raison valable. Un coup d'œil vers la piste de danse : Élodie, dos aux convives, s'apprêter à lancer le joli bouquet que son père vient de lui rendre.

— Vous êtes certains que vous ne pouvez pas gérer ça seuls ? lui demandé-je en regardant les fleurs s'envoler en un superbe arc de cercle.

— J'crois pas, boss. Devant moi, j'ai une personne qui n'est pas sur la liste des invités, mais qui insiste pour vous voir.

Sans me laisser le temps de lui expliquer que si elle n'est pas sur la liste, elle ne rentre pas, un point c'est tout, il continue :

— Elle s'appelle Alexandra Carter, et elle dit qu'elle est votre femme.

1

SASHA

Je reconnais sans peine l'ombre de l'homme qui s'avance au bout de l'allée. Mon cœur accélère. J'ai songé plus d'une fois à ce moment, j'ai eu trois ans pour ça, mais rien ne pouvait me préparer à ce que je ressens.

J'ai envie de courir vers lui, de réduire le temps qui nous sépare de l'instant de nos retrouvailles, mais je me contiens. Non pas à cause de la demi-douzaine d'agents de sécurité qui me fixent et qui n'hésiteraient pas à me sauter à la gorge — pour peu que je tente le moindre mouvement —, mais pour la simple et bonne raison que je doute que l'accueil soit chaleureux. Et à en juger par sa posture rigide et son visage fermé quand celui-ci est enfin éclairé par un réverbère, je ne crois pas m'être trompée.

D'un signe de tête, il intime à l'équipe d'employés en costume de déguerpir. Si je n'étais pas aussi anxieuse, et si je ne le connaissais pas si bien, je serais impressionnée par cette façon qu'il a de se faire obéir, sans même avoir besoin d'ouvrir la bouche. Il ne leur accorde pas plus d'une seconde d'attention, son regard vient ensuite se poser sur moi. Comme prévu, il ne laisse rien passer, rien qui ne me fasse supposer que je sois la bienvenue, ou même qu'il soit heureux de me revoir. Pire, il a l'air ennuyé. J'aurais compris la colère, mais là il ne m'offre qu'une profonde expression de son exaspération de me voir, comme si j'étais une intruse dont il a envie de se débarrasser rapidement avant de retourner à sa petite soirée. Je ne doute pas que c'est effectivement le cas.

Alors qu'il parcourt les derniers mètres, je l'observe. Il a toujours cette carrure qui ne passe pas inaperçue, encore moins en smoking, du sur-mesure, sans aucun doute. Trois ans se sont écoulés, c'est à la fois peu et beaucoup. J'ai changé, et lui aussi, je suppose. Pourtant, je ressens cette impression familière, celle qui me donne l'illusion que la vie pourrait reprendre son cours là où je l'ai laissée. Mais au moment où Ted Carter s'arrête face à moi, à une distance qui est de mise entre deux étrangers, je comprends que lui ne voit certainement pas les choses de la même façon.

Ses yeux bleus me scannent des pieds à la tête, comme pour effectuer un état des lieux. Ma respiration s'accélère, je suis incapable de prononcer un mot. Dans tous les scénarios que j'ai imaginés, j'avais un discours tout prêt. Des excuses, bien sûr, mais aussi des tas de choses à lui expliquer pour le supplier de me pardonner. Je ne suis pas en mesure d'en sortir une seule.

C'est donc lui qui dit le premier mot :

— Alexandra.

Sa voix est glaciale, et le fait qu'il utilise mon prénom entier au lieu de mon diminutif est pire qu'un coup de poignard. Personne ne m'appelle ainsi, surtout pas lui.

— Qu'est-ce que tu fais ici ? ajoute-t-il avec la même froideur.

Les larmes me montent aux yeux, mais je me retiens. Déjà parce que je ne suis pas ce genre de femme, mais aussi car je sais que ça n'aura aucun impact sur lui. Quand il se comporte comme ça, rien ne peut l'atteindre.

— Je suis revenue, finis-je par dire la gorge serrée.

Il arque un sourcil qui pourrait montrer son étonnement, mais celui-ci est moqueur.

— Tu es revenue ? répète-t-il pour me signifier le ridicule de ma déclaration.

Puis il enchaîne avec sarcasme :

— Tu as déjà terminé de sauver la planète ?

Sa référence à ma mission humanitaire, à l'excuse bidon que j'ai sortie il y a trois ans pour justifier ma disparition, me rappelle qu'il y a tellement de mensonges entre nous qu'il va me falloir du temps pour tout lui expliquer. Bien plus que nous n'en avons ce soir, dans cette allée de Saint-Jean-Cap-Ferrat.

— J'ai besoin de ton aide, Ted.

Il m'observe comme si je venais de m'adresser à lui dans une autre langue. Je comprends qu'il soit surpris par ma déclaration. Mais au moment où il éclate de rire, c'est moi qui suis perdue.

— Alors celle-ci c'est la meilleure ! finit-il par lâcher avec sarcasme.

Il avance de quelques pas, et cette fois-ci, il est assez proche pour que je puisse sentir son souffle sur mon visage. Son parfum familier m'enveloppe, et j'ai envie de fermer les yeux pour en profiter. Je suis comme une droguée qui, après une longue période de sevrage, se rend compte qu'elle pourrait succomber à ses vieux démons en un clin d'œil. À la différence que s'il me laisser replonger, je n'aurai pas l'ombre d'un remords.

— Laisse-moi résumer la situation. Tu t'es barrée il y a trois ans, du jour au lendemain, en me laissant une simple lettre alors que j'étais en mission à l'étranger, en me demandant de t'excuser, car « tu n'étais pas faite pour cette vie ». Et là, tu réapparais comme par magie, tu te pointes ici ce soir, et tu as besoin de mon aide ? C'est une blague ?

Je prends une inspiration. Il a raison sur toute la ligne, et c'est maintenant que je vais devoir me montrer convaincante.

— Je sais que mon départ était un peu soudain, et…

— Un peu soudain ? C'est…

Il recule d'un pas et passe sa main sur ses cheveux coupés à ras, ne cachant pas sa frustration. C'est idiot, mais voir cette réaction me rassure. Au moins, il ressent autre chose que cette froide indifférence. C'est certes de l'agacement, mais c'est déjà ça.

— Je suis désolée, soupiré-je.

Son regard bleu me fusille, j'y lis tout le ressentiment accumulé pendant des années. Je suis consciente que je mérite qu'il me haïsse, peut-être même qu'il m'en voudra encore plus quand il connaîtra toute la vérité. Mais une petite partie de moi espère qu'il m'accordera tout de même son pardon, qu'il comprendra que si j'ai fait tout ça c'est surtout car je l'aime. Parce que je souhaitais le préserver de toute cette noirceur qui m'entoure.

— Je n'en ai rien à foutre que tu sois désolée, Alex. De toute façon, je ne crois pas un seul mot qui sort de ta bouche. J'ai été assez con pour le faire auparavant, je me suis vite rendu compte que tu m'avais menti sur toute la ligne. Il n'y a jamais eu de mission en Afrique, je n'ai aucune idée de l'endroit où tu viens de passer les trois dernières années. Et tu sais quoi ? Je m'en moque royalement. Pour ma part, c'est comme si tu étais morte. Maintenant, tu m'excuses, mais j'ai envie de profiter du mariage de mes amis.

Il tourne les talons, prêt à partir. Il faut que je le retienne, sous n'importe quel prétexte. Alors je tends la main et attrape son bras. Au moment où je le touche, c'est comme une décharge qui me transperce. Il sursaute lui aussi, puis se dégage de mon emprise, comme si je l'avais brûlé.

— Tu féliciteras Ken de ma part.

Il lâche un reniflement dédaigneux, mais ne répond pas. Au contraire, il continue de s'éloigner. J'ajoute :

— J'ai appris qu'il allait devenir notre associé.

Cette fois-ci il s'arrête. Je vois ses poings se serrer, puis il fait volte-face.

— *Notre* associé ?

— Nous sommes toujours mariés, *Riviera Security* est mon entreprise à moi aussi.

Il revient vers moi, menaçant.

— C'est pour ça que tu es là ? Tu veux de l'argent ?

— Non, je…

Mais il ne me laisse pas en placer une.

— Tu sais quoi, j'aurais très bien pu t'envoyer un chèque, si c'est ça qui t'inquiète.

Puis il ajoute avec une voix moqueuse :

— Ah, mais non, j'y pense ! Je n'avais pas ton adresse ! Sinon, je me serais fait un plaisir de te le faire parvenir, avec les papiers du divorce. Mais vois-tu, le torchon que tu m'as écrit en partant était plutôt laconique.

Il a haussé la voix, et l'agent qui l'a appelé tout à l'heure s'approche lentement de nous.

— Un souci, boss ? demande-t-il en restant tout de même à bonne distance.

— Aucun, répond Ted. Madame Carter allait justement s'en aller.

Cette fois-ci, il me plante vraiment là, et rejoint à grandes enjambées le portail de la villa. Je pourrais lui courir après, mais je suis certaine que ça n'arrangerait rien. Au contraire, s'il y a bien une chose dont je vais devoir faire preuve, c'est de patience. Je suis persuadée que tout n'est pas perdu, Ted finira par écouter ce que j'ai à lui dire. C'est quelqu'un de réfléchi, un stratège, alors rester dans le flou, ce n'est pas son genre.

Il est au courant que je n'étais pas en Afrique. Je sais très bien que malgré que je le lui ai interdit, il a essayé de me chercher. Je n'avais aucun doute sur le fait qu'il le ferait. Il ne m'a d'ailleurs pas facilité la tâche, sur ce point. Et je suis quasi certaine qu'il n'est pas aussi indifférent à mon sort qu'il veut bien le laisser paraître. Mais il est blessé, en colère, il lui faudra du temps pour me faire confiance à nouveau. Le seul problème, c'est que le temps est une denrée précieuse dans mon cas. Quelque chose que je ne peux pas gaspiller.

Et malgré cette première confrontation assez difficile, je garde espoir. Il vient juste de m'appeler madame Carter… et je suis loin d'avoir dit mon dernier mot.

2

TED

« *Aucun plan ne résiste au premier contact avec l'ennemi.* »[1]

La voix de l'instructeur qui a prononcé cette citation intemporelle devant moi pour la première fois raisonne dans ma tête.

À l'amour comme à la guerre, cette vérité est immuable.

Je ne compte plus le nombre de fois où j'ai imaginé la revoir.

J'avais tout préparé.

Un discours sarcastique et glacial dans lequel chaque mot aurait été pesé et calibré. Chaque phrase, un coup de poignard pour rendre coup pour coup les blessures qu'elle m'a infligées. Mais en l'apercevant, j'ai compris que ça ne servirait à rien. Que peut-on dire à une femme comme elle ? Une femme qui, une semaine après avoir suggéré qu'elle était prête à avoir un enfant, quitte son mari sans prendre la peine de le regarder en face, une dernière fois, pour lui annoncer la nouvelle.

Je suis bien conscient qu'on ne maîtrise pas ses sentiments. On tombe en amour, comme disent les Canadiens, sans trop savoir pourquoi ni comment. Alors peut-être tombe-t-on en désamour de façon tout aussi mystérieuse.

Mais un peu de courtoisie n'a jamais tué personne.

J'aurais aimé qu'elle ait le courage de venir me dire adieu.

Avec le temps, j'ai fini par comprendre que si elle était partie comme ça, ce n'était pas juste pour fuir la vie que nous avions construite à deux.

Ce qu'elle fuyait, c'était moi.

Elle savait que je l'aimais assez pour tout planter là, et la suivre jusqu'au bout du monde. Pour elle, j'avais déjà tout quitté une fois. J'étais prêt à recommencer. Je serais allé avec elle n'importe où, au fin fond de l'Afrique, aux confins de l'Asie.

Mais si son but était de partir loin de moi, alors bien évidemment je ne pouvais pas l'accompagner là où elle souhaitait s'échapper…

Parfois, je me berce d'illusions. Je me dis que si elle n'est pas venue me parler, c'est parce qu'elle a pensé que ce serait moins douloureux pour moi de comprendre tout seul qu'elle ne m'aimait plus, au lieu de l'entendre.

Avant de rejoindre la fête, je cherche son image dans le reflet de la porte en verre.

Elle est là où je l'ai laissée, immobile.

Un de mes gars se tient encore à ses côtés.

— Michel, vous me recevez ? dis-je dans mon micro.

Il se retourne et s'éloigne un peu pour me répondre.

— Oui, boss.

— Vous pensez que vous pouvez vous passer d'un des agents pour le reste de la soirée ?

— Pas de problème, on va s'arranger. Qu'est-ce que vous voulez faire ?

— Faites-la conduire à la maison. Dites au gars qui l'accompagnera qu'il l'installe dans la suite des invités, et qu'il reste là pour la surveiller jusqu'à mon retour. Elle peut accéder à la cuisine si elle a besoin de quelque chose, mais elle ne met pas un pied dans ma chambre ou dans mon bureau, d'accord ?

— Reçu 5 sur 5.

— Parfait, pour le reste, vous vous débrouillez, je coupe mes com jusqu'en fin de soirée.

À peine de retour dans la salle principale, Steve me percute presque avec son fauteuil.

— Mais t'étais où ? me demande-t-il. Tu as raté le clou de la soirée.

— Ah oui, qui a eu le bouquet ?

— Et bien, un moment j'ai cru que ça allait se jouer entre Tiffany et Madison, mais c'était sans compter sur une outsider de taille.

Steve parle de la course au bouquet avec l'enthousiaste d'un turfiste un jour de grand prix.

— Amhale les a battues d'une tête ?

Il me dévisage d'un air incrédule puis éclate de rire.

— Comment as-tu deviné ?

— Tu t'es trahi toi-même en mentionnant la taille. Amhale est sans doute la seule femme présente qui soit plus grande que Tiffany.

Feignant le dépit, Steve me fait signe de le suivre jusqu'au bar :

— Puisque c'est ça, tu vas m'offrir un verre, plaisante-t-il.

— Bonne idée, je suis d'humeur à faire sa fête à une bouteille de Macallan.

Toujours sensible au changement d'attitude des gens autour de lui, Steve me jette un regard en coin, mais ne fait aucun commentaire.

J'imagine qu'il se dit que la célébration du mariage d'un de mes meilleurs amis me rend mélancolique.

Il m'observe avaler une double rasade de mon poison préféré, et faire signe au barman de remettre ça.

— Tu as prévu de rentrer à pied ? me demande-t-il d'un ton narquois qui dissimule mal sa soudaine préoccupation.

— T'inquiète, Jimmy et Tiffany vont me ramener.

Steve hoche la tête, mais je vois bien qu'il n'est pas rassuré.

Rien de surprenant à ça, d'habitude c'est sur moi qu'on peut compter pour prendre le volant en fin de soirée.

— Quelque chose ne va pas ? me demande-t-il en m'observant terminer mon verre puis faire signe au barman de nous laisser la bouteille.

— Donne-moi encore dix minutes, et tout ira pour

le mieux dans le meilleur des mondes, lui dis-je en me resservant.

Il secoue la tête et fronce les sourcils.

D'un mouvement de tête il désigne la bouteille que j'ai sérieusement attaquée.

— Si on allait finir de lui faire sa fête dehors, me propose-t-il.

Armé de nos deux verres et du précieux breuvage, je suis Steve alors qu'il manœuvre jusqu'à l'extérieur. Je le laisse choisir une petite table un peu à l'écart. J'en éloigne deux chaises pour lui permettre de s'approcher, et m'installe en face de lui.

Un court moment nous restons silencieux, éblouis par la vue magique du lieu.

Cette vue me bouleverse.

C'est grâce à Sasha si je suis ici. C'est elle qui m'a fait découvrir la Riviera. Avant elle, c'était juste un cliché pour moi. Cannes, la Croisette, les paillettes et tout le reste. Mais la Côte d'Azur, c'est bien plus que ça.

C'est ici que Sasha m'a aidé à me reconstruire, lorsque j'ai abandonné ma carrière militaire. Je dis que je l'ai fait pour elle, mais en vérité, c'est elle qui m'a sauvé.

Même si je ne lui pardonnerai jamais la façon dont elle m'a quitté, je lui resterai éternellement reconnaissant de m'avoir fait renaître. L'homme qu'elle a contribué à me faire devenir est toujours torturé par les images de son passé, mais bien moins qu'avant.

— C'est le mariage ? me demande Steve en posant

la main sur la bouteille pour m'empêcher de me resservir.

Je secoue la tête.

Non, ce mariage est parfait.

Ken et Élodie forment un couple harmonieux. Ils sont suffisamment à l'écoute l'un de l'autre pour surmonter les épreuves qui peuvent surgir de leur différence de culture. Et si ça marche pour eux, ce sera bon signe pour Andrea et Madison.

— C'est quoi, alors ? insiste Steve.

Sous l'effet anesthésique de l'alcool, je commence enfin à me détendre, donc je lui souris.

— J'ai tout mon temps, déclare-t-il en plaçant la bouteille à côté de lui sur sa chaise.

— Ça tombe bien, j'ai l'intention de finir ma nuit ici, rétorqué-je.

— Bonne idée. Je crois que je vais rester te tenir compagnie.

Quelques minutes passent en silence et puis, reposant la bouteille sur la table, il ajoute :

— C'est pas comme si quelqu'un nous attendait à la maison.

3

SASHA

— Madame !

Je me retourne et découvre que c'est un agent de sécurité qui m'interpelle. Il arrive à petite foulée dans ma direction, puis stoppe près de moi.

Costume impeccable, pas un cheveu de travers, les standards sont toujours au top chez *Riviera Security*.

— Madame, monsieur Carter m'a demandé de vous accompagner.

— M'accompagner ? Où ça ?

Il ne veut pas discuter avec moi, mais par contre il me colle une nounou aux fesses ? Ça n'a pas de sens !

— Chez lui, à Monaco.

L'agent a l'air tout aussi surpris que moi de cette réponse. Je songe tout à coup que peut-être Ted demande régulièrement à ses gars d'escorter des femmes jusque chez lui. Vu l'expression gênée de celui-ci, cela n'a pas dû lui arriver souvent. Mais peut-être vient-il tout juste d'être embauché dans l'entreprise ? En tous cas, il y a l'air d'avoir eu pas mal de recrutements depuis mon départ, car je n'ai pas reconnu une seule tête depuis tout à l'heure.

L'homme me désigne du menton une berline noire qui doit, je suppose, être le carrosse dans lequel il compte me faire grimper. Dommage pour lui que je n'aie rien d'une Cendrillon obéissante.

Je plaque sur mes lèvres un sourire courtois, après tout le pauvre ne fait que se plier aux ordres, et réponds sans pour autant cacher mon sarcasme :

— Dites à monsieur Carter que malgré son offre généreuse, je vais rentrer par mes propres moyens.

— Mais…, commence-t-il à protester.

— Ne vous inquiétez pas, je pense que Ted me connaît assez pour savoir que je ne suis pas du genre à lui obéir au doigt et à l'œil. Il ne vous en tiendra pas rigueur personnellement.

Je tourne les talons et m'éloigne en direction de ma voiture. Du moins, c'est ce que je veux lui faire croire, car en vérité, je n'ai aucunement l'intention de repartir comme ça. C'était ma première idée, mais le fait qu'il demande à ce qu'on me conduise jusqu'à son appartement me donne une information capitale : notre entrevue ne l'a pas laissé de marbre, même s'il souhaite le faire croire. Et je vais faire jouer ça à mon avantage. Le temps m'est compté, alors autant ne pas le gaspiller. Ted entendra ce que j'ai à lui dire cette nuit, même si pour ça je dois m'improviser en invitée surprise à la fête.

C'est ironique, quand on y pense, de se retrouver ce

soir au mariage de Ken qui est une des rares personnes à avoir assisté au nôtre. Mariage dans un tout autre style, d'ailleurs. En effet, j'imagine que derrière ces murs, la réception doit être grandiose. Pour nous deux, ça c'était déroulé sur une base militaire. Nous étions entourés par quelques frères d'armes de Ted, avec l'aumônier de son unité pour officiant. Pourtant, je ne crois pas avoir été plus heureuse que ce jour-là, quand nous avons prononcé nos vœux. Lui dans son uniforme d'apparat, moi dans une robe fleurie, prêtée par une collègue de la mission humanitaire à laquelle j'appartenais.

J'ai menti sur beaucoup de choses le concernant, mais jamais sur mes sentiments. Et je sais que lui aussi m'a profondément aimée. Je ne doute pas une seconde que mon départ précipité a dû lui briser le cœur, et j'espère qu'il pourra me pardonner un jour. Mais encore faut-il pour ça qu'il accepte d'écouter mes explications.

Une fois que j'estime que le service d'ordre me croit partie, je contourne la propriété par le versant donnant du côté de la baie de Villefranche. Même si je ne souhaite pas perdre de temps, je prends une seconde pour admirer la vue. Les lumières de la ville se reflètent sur les eaux calmes de la Méditerranée. L'ambiance a quelque chose de magique, et le tableau est romantique à souhait. Je comprends que Ken et sa fiancée aient choisi cet endroit, et je les en remercie aussi. La propriété est tellement grande que je suppose que Ted n'a pas estimé nécessaire de poster un garde à chaque recoin. Je sais qu'Angel doit chanter ce soir, mais je pense que le seul danger auquel ils s'attendent, c'est de devoir repousser quelques fans téméraires.

Je ne doute pas qu'une fois que j'aurai réussi à m'introduire, je risque fortement d'être repérée par un système vidéo ultrasophistiqué qu'il aura fait installer. Mais même s'ils m'appréhendent, ils n'auront pas d'autre choix que d'aller chercher le patron pour savoir quoi faire de moi, et ça tombe bien, c'est à lui que je veux parler.

J'avise un endroit du mur d'enceinte qui est un peu plus bas qu'ailleurs. Ça devrait faire l'affaire. Une chance que je me sois décidée pour le look jean baskets plutôt que robe de cocktail et talons aiguilles…

Je m'agrippe sans trop de difficultés aux roches. Heureusement, dès que j'ai pu reprendre le sport, j'ai continué à m'entraîner. Il me faut aller puiser dans toute la force que je possède pour me hisser au sommet.

Un brin pantelante, je bascule par-dessus le mur. Je me redresse et fais quelques pas. Je suis dans une allée qui mène à un joli jardin à l'espagnole. Le son d'une fontaine parvient à mes oreilles. Parfait, ça a sûrement permis de masquer le bruit que j'ai pu faire en atterrissant sur le sol. Je poursuis mon exploration en tentant toutefois de me dissimuler derrière les arches couvertes de plantes grimpantes. Mais au détour de l'une d'entre elles, je tombe nez à nez sur quelqu'un.

Ou plutôt sur un couple.

L'homme sursaute et instinctivement se met devant la femme dans une position défensive. J'aurais pourtant parié ne pas avoir fait de bruit. Mais quand il se retourne, je sais que je n'ai pas affaire à n'importe lequel des hommes. Celui-ci a un entraînement de pointe, et une ouïe fine comme une chauve-souris.

J'avance dans la lumière pour qu'il me reconnaisse et comprenne que je ne suis pas une menace. D'ailleurs, au moment où il m'aperçoit, il se fige et devient aussi pâle que la robe de sa partenaire.

— Salut Ken, lancé-je en me rendant bien compte que mon apparition doit lui sembler surréaliste.

— Sasha ?

La femme derrière lui se dégage, une expression furieuse sur le visage. Est-ce que c'est à cause de moi qui viens de les interrompre dans ce qu'ils étaient en train de faire (et je ne tiens pas à savoir ce qu'ils fabriquaient seuls dans ce coin retiré), ou à cause de l'attitude protectrice de son nouveau mari ?

— Euh… félicitations à tous les deux, balbutié-je.

Je pourrais rester là et taper la causette, mais cela va engendrer beaucoup de questions auxquelles je ne suis pas prête à répondre. Pas tant que je n'aurai pas parlé à Ted. Alors j'indique la direction de la villa et lance :

— Je vous laisse, je dois rejoindre mon mari.

La mariée écarquille les yeux, Ken a toujours l'air d'être face à un fantôme, et alors que je m'éloigne j'entends :

— Mais attends, c'est *la* Sasha de Ted ?

C'est idiot, mais cette phrase me donne le sourire.

Pourtant, les occasions de sourire ces derniers jours sont rares, et c'est bien pour ça que je suis revenue.

4

TED

— Je croyais être chaudasse, [1]mais j'dois être guerlot[2], déclare Steve en fronçant les sourcils.

J'éclate de rire.

Lorsqu'il boit, Steve transpire le Québec par tous les pores de sa peau. L'accent et les expressions reviennent au grand galop.

— Je ne suis pas plus frais que toi, lui avoué-je en regardant du coin de l'œil la bouteille qu'il a prise en otage pour me convaincre de lui expliquer ce qui m'a mis la tête à l'envers.

— Non, mais sérieux, explique-t-il en saisissant la bouteille par le goulot pour examiner l'étiquette. J'avais jamais eu d'hallucinations avant.

— Les éléphants roses sont de sortie ?

— Non, pire que ça. Si je te le disais, tu ne me croirais pas, me répond-il en secouant la tête.

— Un revenant ? proposé-je intrigué.

Même si, de nos jours, Steve est le plus souvent derrière un bureau que sur le terrain, il a — lorsqu'il était policier au Canada — été témoin de scènes rudes qui réapparaissent pour le hanter. Les troubles du stress post-traumatique ne sont hélas pas le monopole des militaires.

Il repose la bouteille et se frotte le visage.

— Tu crois pas si bien dire ! Là, il y a trente secondes, j'aurais juré avoir vu Sasha passer de l'autre côté du jardin, explique-t-il.

— Une Sasha en jean, baskets, tee-shirt blanc sous une veste noire ?

Steve ouvre des yeux grands comme des soucoupes.

— Tabarnak ! Elle est revenue ?

Je hoche la tête lentement en me demandant comment Steve a pu la voir traverser derrière moi les jardins, alors qu'un de mes mecs est en train de la conduire à la maison. J'ai beau avoir le cerveau en partie noyé dans l'alcool, je connais déjà la réponse à ma question. Sasha lui aura faussé compagnie. J'aurais dû m'en douter. Ma femme n'est pas du genre à se mettre au garde-à-vous, le doigt sur la couture du pantalon. C'est une rebelle et c'est d'ailleurs ça qui fait son charme.

— Mais qu'est-ce que tu fais ici avec moi ? s'étonne Steve. Va la rejoindre !

— À quoi bon ?

Ma réponse est accueillie par une bordée de jurons québécois, dont certains m'étaient jusqu'alors inconnus.

— Mais une femme comme ça, elle vaut la peine

qu'on se batte pour elle ! s'exclame-t-il. D'ailleurs, je ne t'ai jamais compris.

Je fronce les sourcils, car je ne saisis pas ce qui a bien pu lui échapper.

— Moi, si j'avais été toi, j'aurais retourné la terre entière pour la retrouver et…

— Mais qu'est-ce que tu crois ? Bien sûr que j'ai couru derrière elle. Je me suis fait des films dans lesquels je me donnais le rôle du chevalier blanc. Je la sauvais de je ne sais quel piège machiavélique dans lequel elle était tombée, et nous repartions ensemble dans le soleil couchant façon film hollywoodien.

— Et alors ?

— Alors je l'ai retrouvée. Je l'ai observée quelques jours. J'ai compris qu'elle m'avait quitté de son plein gré et puis je suis rentré à Monaco, seul, ajouté-je en haussant les épaules.

Je garde pour moi que je me suis contenté de la surveiller à distance.

À quoi aurait pu servir une confrontation ?

Quand une femme dit que c'est fini, c'est fini. Je n'allais tout de même pas me rouler à ses pieds.

Le rôle du soupirant pathétique, c'est pas pour moi.

— Mais aujourd'hui elle est là ! insiste Steve.

— Oui, parce qu'elle a besoin de moi. Mais ça veut dire quoi, avoir besoin de moi ?

— La meilleure façon de le savoir, ce serait peut-être de le lui demander, tu ne crois pas ?

L'air insolent de Steve me donne envie de l'étrangler. À moins que ce ne soit l'alcool ? Je me retiens. Si je dois me défouler sur quelqu'un ce soir, autant que ce soit sur Sasha. Je me lève et demeure immobile un instant, histoire de vérifier que je tiens bien sur mes jambes. Tant qu'à me couvrir de ridicule, je préférerais le faire debout, face à mon épouse légitime en vidant mon sac, plutôt qu'à plat ventre.

Rassuré de voir que si je ne suis pas en état de courir un marathon, je reste encore en mesure de me déplacer, j'interroge Steve :

— Elle est partie dans quelle direction ?

— Vers la salle principale, me répond-il en débloquant le frein de son fauteuil. Attends, je te montre.

D'un pas décidé, mais pas si assuré que ça, je retourne dans la villa, Steve sur les talons.

À peine entré dans le patio, je repère Sasha. Ce n'est pas très difficile, elle est au centre de toutes les attentions. Entourée de Jimmy, Tiffany et James, elle se tient face à Angel, accroupie, les deux mains posées sur son ventre rond. On dirait qu'elle parle directement au bébé dont la mère sourit comme une petite fille à qui on vient de promettre le jouet de ses rêves.

La scène fait monter en moi une bouffée de nostalgie, mais je résiste.

Je ne vais pas me laisser attendrir.

J'accélère le pas alors que Sasha se redresse et lève les yeux. Quand elle m'aperçoit, son sourire disparaît, puis s'affiche à nouveau lorsqu'elle voit Steve. En deux secondes elle est à nos côtés pour se précipiter dans les bras ouverts de son Canadien préféré.

Alors qu'ils s'embrassent et se réjouissent de leurs

retrouvailles, je sens le poids du regard des autres sur moi. La mine presque béate d'Angel contraste avec l'air inquiet de James et Jimmy. Ces deux-là savent que l'apparition de Sasha n'est pas une bonne nouvelle. Je n'étais pas prêt à gérer son départ, je ne le suis pas plus à faire face à son retour. Mais ça n'a rien d'étonnant, et il va falloir que je me fasse une raison, mon confort est sans doute le dernier de ses soucis.

Je saisis Sasha par le bras et la traîne vers une des salles adjacentes laissées vides pour la soirée. Elle me suit sans protester.

Après avoir refermé la porte derrière nous, je la pousse dos au mur et m'approche d'elle. Je m'apprête à hurler, lorsque je remarque qu'elle se frotte le bras en faisant la grimace.

Merde, j'ai serré trop fort ! Demain, elle aura sans doute la trace de mes doigts sur la peau.

— Je suis désolé, lui dis-je en posant ma paume sur la zone douloureuse.

Même saoul et ivre de colère, je n'envisagerais pas de lever la main sur elle. Je ne suis pas de la race des hommes qui frappent leurs épouses.

— Pas moi, me rétorque-t-elle en plongeant ses yeux noirs dans les miens. Si c'est le prix pour pouvoir te parler, alors je suis heureuse de le payer.

— Je t'écoute.

Au lieu de me répondre, elle pose ses deux mains sur mon torse. Mon cœur s'accélère et je ne suis plus trop certain de savoir comment on fait pour respirer.

— Ted…

Elle s'interrompt comme si elle cherchait ses mots.

Sa bouche entr'ouverte est à quelques centimètres de la mienne. Lorsqu'elle reprend la parole, mon sang bat si violemment dans mes tympans que j'entends à peine ce qu'elle me dit.

Malgré moi, mon visage descend plus près du sien et mes lèvres sont sur le point de se poser sur les siennes, lorsque mon cerveau accepte enfin de traiter les informations sonores qu'il vient de recevoir.

Ted, il faut que je te présente quelqu'un…

Je m'immobilise et respire profondément.

L'oxygène me permet de comprendre ce qu'elle m'a dit.

Pour en être certain, je lui demande :

— Tu n'es pas venue seule ?

— Non, je suis avec Vadim, c'est lui que je dois te présenter.

5

SASHA

Ted se redresse légèrement et… éclate de rire ?

J'ai imaginé ce moment plus d'une fois, mais jamais je n'aurais songé qu'il puisse avoir une telle réaction. Mais en même temps, il m'a l'air à moitié saoul, et on dirait que son rire est dénué de joie.

Je m'étonne d'ailleurs qu'il soit dans cet état. Le Ted que je connaissais avait l'air si maître de lui en toutes circonstances, cette version m'est totalement inconnue.

Il secoue la tête, puis se rapproche à nouveau. Je sens sur ma peau son souffle empreint d'effluves de whisky. On dirait par contre que sur ce point, il n'a pas changé. Cela a toujours été son alcool de prédilection.

— Tu as fait tout ce chemin pour me présenter ton nouveau mec ? Tu te rends compte de l'absurdité de la chose, Sasha ? Tu veux quoi ? Une sorte d'approbation ? Un simple mail à mon avocat pour demander les papiers du divorce aurait suffi.

Il crache ces derniers mots comme s'ils lui écorchaient la bouche. Et pour ma part, je comprends que je n'ai effectivement pas été assez claire. Alors qu'il a un mouvement de recul, je saisis son bras, autant pour attirer son attention que l'aider à se stabiliser.

— Vadim n'est pas mon mec, affirmé-je haut et clair histoire d'avoir toute sa concentration.

Il me dévisage avec une pointe de doute dans le regard, mais j'en fais abstraction. Je prends une inspiration, consciente que je suis sur le point de chambouler sa vie du tout au tout.

— Vadim est ton fils.

Le silence.

C'est tout ce qui suit ma déclaration. Ça, et un clignement des yeux. Il se demande certainement s'il n'est pas en train de rêver.

Derrière la porte, la musique résonne, mais je serais incapable de dire si elle est lente, rapide, triste ou enjouée. Je suis concentrée sur les mots qu'il pourrait prononcer. Je veux croire qu'il ne va pas me décevoir.

— Comment… non, ce n'est pas possible !

— Si, il a deux ans et demi. J'étais enceinte quand je suis partie, mais je ne le savais tout simplement pas encore.

Ted recule, il s'écroule sur une chaise. Je n'insiste pas, je comprends qu'il faut un peu de temps pour digérer une telle nouvelle.

Il passe une main sur son visage, il a l'air totalement las, tout à coup. Comme si tout le poids du monde venait de lui tomber sur les épaules. C'est un peu le cas, pour être honnête.

— J'aurais voulu te le dire avant, mais je ne pouvais pas… commencé-je à expliquer.

Son regard bleu perçant se fixe sur moi et devient menaçant. Subitement, il se redresse tout en secouant la tête.

— Je ne te crois pas ! crie-t-il. Ce n'est pas possible. Tu es en train de me mentir, et ce n'est pas surprenant, après tout. Tu n'as fait que ça pendant toutes ces années !

— Non, Ted, je…

— Si ! dit-il en pointant un doigt accusateur. Tu crois que je n'ai pas tenté de te chercher suite à ta disparition ? Tu penses que je n'ai pas envisagé le pire ? Que tu aurais pu être enlevée ? Que ce mot que tu m'as laissé n'était qu'une fausse piste ? Vu notre métier, j'ai songé à tout un tas de scénarios, mais jamais je ne me serais attendu à découvrir que ma femme m'avait menti sur toute la ligne !

Il est furieux, je l'ai rarement vu dans cet état, voire jamais. À nouveau, je me retrouve dos contre le mur, Ted à quelques centimètres de moi. Une veine pulse sur son front.

— Je ne crois plus un seul mot qui sort de ta bouche, Sasha.

Il ricane et ajoute :

— Si ça se trouve, ce n'est même pas ton vrai nom. Je dois reconnaître que je me suis fait avoir comme un bleu. Pas une seconde je n'ai pensé que la jolie missionnaire d'origine russe rencontrée au Moyen-Orient aurait pu fournir un faux certificat de naissance pour notre mariage.

— Je m'appelle réellement Sasha. Pour le reste, j'admets que je t'ai menti.

Il recule et se met à arpenter la pièce.

— Alors je suppose que l'histoire du gentil papa riche qui a légué un beau pactole à sa petite fille en mourant est bidon ? Tous les fonds que tu as investis pour créer *Riviera Security*, d'où est-ce qu'ils viennent ?

J'ouvre la bouche pour répondre, mais il ne m'en laisse pas le temps.

— Tu sais quoi ? Je ne veux même pas le savoir. Cette question, je me la suis posée des dizaines de fois après ton départ. Et un jour, j'ai décidé d'arrêter. Car j'ai eu peur que l'explication ne me plaise vraiment pas, et je n'avais pas envie d'admettre que le seul truc qui me restait, mon boulot, pouvait être terni par tes mensonges.

— Je suis désolée.

Je prononce ces mots dans un souffle, les larmes manquent de couler et Ted m'observe avec consternation. Je sais ce qu'il pense : mes excuses, il n'en veut pas. Pourtant j'insiste :

— Je suis désolée d'avoir dû te mentir, mais je l'ai fait pour te protéger.

— Me protéger ? De quoi ? De qui ?

Je déglutis avec peine, j'étais bien consciente qu'en venant ici j'allais devoir déballer mon sac. Mais ça ne veut pas dire pour autant que ce n'est pas difficile.

— De ma famille, de mon père.

Il soupire. Je comprends qu'il se questionne toujours sur la véracité de mes propos.

— Et plutôt que de m'avouer la vérité, tu as préféré t'enfuir ? Qui me dit de toute façon que tu n'es pas encore en train d'essayer de m'embobiner ?

— Ce n'était pas si facile. Je reconnais que j'ai certainement fait des erreurs, mais…

— Mais il est trop tard, Sasha.

Ses mots me font l'effet d'un coup de poignard. Pourtant, je me ressaisis. Ce n'est pas le moment de laisser s'enfuir ce qui est probablement ma seule chance.

— Je ne te demande pas de me pardonner ni de me croire sur toute la ligne. Mais je n'ai qu'une requête : viens avec moi rencontrer Vadim. Tu décideras ensuite de ce que tu veux faire, mais ne passe pas à côté de ce qui risque d'être l'unique occasion de connaître ton fils.

6

TED

Le silence absolu règne dans la voiture.

Jimmy conduit. Assis à ses côtés, la fenêtre grande ouverte, je respire à fond pour tenter de m'éclaircir les idées. Malgré le sandwich que m'a préparé le traiteur pour m'aider à éponger ce que j'ai bu, mon cerveau demeure anesthésié par l'alcool. Périodiquement, je jette un œil vers la banquette arrière pour m'assurer que je n'ai pas imaginé tout ça.

Mais non, Sasha est bien là. Le front posé sur la vitre de la portière, elle a fermé les yeux.

Tiffany est assise à ses côtés et lui tient la main. De sa mésaventure avec Arkady, la belle blonde a tiré une force incroyable. C'est une sorte de lionne qui est prête à tout pour défendre ses sœurs.

J'ignore ce que Jimmy lui a dit de notre histoire, mais les larmes de Sasha semblent l'avoir bouleversée.

— Je n'ai qu'un seul camp, m'a-t-elle déclaré, en

prenant ma femme dans ses bras. Le camp de l'humanité.

Va pour l'humanité et pour la solidarité féminine. Sasha va avoir besoin de tout le soutien qu'elle va pouvoir trouver, une fois que j'aurai retrouvé mes esprits et que je vais la forcer à s'expliquer.

Pour avoir passé des nuits entières à la regarder dormir, je sais que là, Sasha ne fait que méditer. C'est sa façon de faire le vide et de chasser ses idées noires. C'était comme ça qu'elle tenait le coup lorsque je l'ai rencontrée. Noyée dans la misère humaine, elle faisait le vide dans sa tête et voyageait jusqu'à son jardin secret, un parc plein de singes facétieux au cœur de Bali. Nous nous étions promis d'y aller ensemble un jour. Y a-t-elle amené Vadim ?

Vadim.

J'ai un fils.

Il vit sur cette terre depuis presque trois ans, et il y a une heure encore j'ignorais jusqu'à son existence.

Comment a-t-elle pu nous faire ça ?

À elle, à lui, à moi.

Même noyés dans l'alcool, mes souvenirs restent clairs.

Quelques mois avant qu'elle ne parte, nous avions décidé d'agrandir notre famille.

C'est aussi pour ça que j'étais si perdu. C'était comme s'il y avait eu deux femmes en elle. Sasha, la femme qui m'aimait et voulait porter nos enfants, et puis l'autre, celle qui souhaitait reprendre sa liberté. Celle pour qui nous deux ne suffisait pas. Celle-là n'était pas ma Sasha. C'était une inconnue, froide, distance, cruelle, une anonyme qui répondait au nom d'Alexandra. C'est d'ailleurs comme ça qu'elle avait signé le torchon qu'elle avait laissé derrière elle pour m'annoncer son départ.

Nous nous approchons des tours de Monaco et je regarde à nouveau vers l'arrière du véhicule. Sasha s'est redressée. Elle a sorti son téléphone et entame une conversation rapide en russe pour prévenir de notre arrivée.

Après avoir raccroché, sans s'adresser directement à moi, elle explique qui est resté avec Vadim pendant qu'elle était venue à ma rencontre.

— Il est en sécurité avec Polina. J'ai toute confiance en elle, c'était ma nyanyechka ([1]).

— Sa nounou, interjette Jimmy à l'intention de Tiffany qui ne doit pas parler russe.

— C'est elle qui m'a élevée. Elle aime Vadim autant que son propre fils, comme si c'était sa chair et son sang. Elle donnerait sa vie pour lui.

Les froncements de sourcils de Tiffany et de Jimmy reflètent les questions que je me pose. Qui fuit-elle ? De qui cet enfant doit-il être protégé ?

Les effets de l'alcool semblent se dissiper parce que c'est seulement maintenant qu'une évidence s'impose à moi : que je sois son père ou non, je vais faire ce qu'il faut pour mettre ce petit garçon à l'abri du danger qui le menace. Pourquoi ? Car aucun gamin ne mérite de vivre dans la peur, surtout pas aussi jeune.

— C'est quoi, cet immeuble ? demande Jimmy lorsque nous arrivons à notre destination.

— Un meublé que j'ai trouvé sur un site de locations saisonnières, lui répond Sasha. J'ai payé trois jours d'avance avec un compte en ligne ouvert sous une fausse identité.

— Et tu penses aller où, au bout de trois jours ?

Au vu du regard noir que me jette Tiffany, il semble que ma question a tout d'une accusation.

Sasha penche la tête, et me fixe pour la première fois depuis que nous sommes montés en voiture :

— Ça va dépendre de toi, dit-elle. J'avais imaginé que même si tu ne voulais plus jamais me revoir, tu changerais d'avis si…

Avant qu'elle ait une chance de terminer sa phrase, une dame d'un certain âge sort de l'immeuble avec un garçonnet endormi dans les bras. Elle scrute la rue du regard, et pousse un soupir de soulagement lorsque Sasha ouvre la portière.

La femme s'approche rapidement, et tend l'enfant dans les bras de sa mère. Elle passe ensuite à Tiffany un sac qu'elle portait en bandoulière sur l'épaule.

— File, dit-elle. Il ne va pas tarder à arriver.

— Mais comment…

— C'est de ma faute, dit la vieille dame. J'ai appelé mon fils.

Sasha ne semble pas lui en tenir rigueur. Bien au contraire, elle lui tend la main :

— Viens avec nous, lui dit-elle.

La vieille dame recule d'un pas en secouant la tête.

— Je ne peux pas, il m'a dit que si je n'étais pas là quand il arriverait, il allait tuer Andreï.

— S'il te plaît, supplie Sasha.

— Ne t'inquiète pas pour moi, je lui ai raconté que tu étais sortie avec le petit, et que j'attendais ton retour. Je vais inventer une histoire… va-t'en pendant qu'il est encore temps.

La femme claque la porte, et tape sur la carrosserie de la voiture comme on frapperait la croupe d'un cheval pour le faire partir au galop.

Jimmy comprend le message puisqu'il démarre aussitôt.

— Chez toi ? me demande-t-il en jetant un œil dans le rétroviseur.

— Oui, je ne vois pas d'endroit plus sûr pour le moment.

À l'arrière, Sasha laisse couler une larme silencieuse, son enfant dans les bras.

Notre enfant dans les bras ?

— Sasha !

Elle lève la tête.

— Je te ramène à la maison, et Jimmy et moi nous reviendrons la chercher.

— Merci, murmure-t-elle en épongeant ses yeux avec un mouchoir que Tiffany a sorti de son sac. J'espère qu'il ne sera pas trop tard.

— Et quand nous serons de retour, il va falloir que nous ayons une conversation sérieuse tous les deux.

— Pas ce soir, proteste Tiffany. Tu vois bien qu'elle est épuisée. Ça fait combien de jours que tu n'as pas eu une bonne nuit de sommeil ? demande-t-elle à Sasha.

Celle-ci hausse les épaules comme si ça faisait si longtemps qu'elle ne s'en souvient plus.

Les yeux fixés sur le tout petit garçon qui dort profondément dans les bras de sa mère, je cède.

— D'accord. Demain. Nous parlerons demain.

7

SASHA

Le trajet jusqu'à Fontvieille est relativement court, mais il aurait pu durer des heures, je ne m'en serais pas aperçue. Les mots de Polina me terrorisent.

Il sait que nous sommes à Monaco.

Et connaissant mon cousin, il doit déjà être en route. Lui, ou au moins une partie de son armée de sbires prêts à tout pour se faire bien voir par leur patron.

Tout à coup, l'idée de venir sur la Côte me paraît la plus stupide que j'ai pu avoir. Il ne leur faudra pas longtemps pour me rejoindre. Pourquoi je ne suis pas partie m'enterrer au fin fond d'une jungle amazonienne ? Ou bien d'un village des tréfonds de l'Asie ?

À cause de lui.

À cause de celui qui est assis à l'avant et qui jette des coups d'œil discrets dans le rétroviseur pour essayer de nous apercevoir, Vadim et moi. Vu la façon dont notre fils dort contre moi, il ne doit pas voir grand-chose, si ce n'est sa chevelure noire qui est, sans aucun doute possible, héritée de son père. Tout comme de nombreux autres traits, d'ailleurs.

Si j'ai toujours affirmé à mon propre père que celui de Vadim n'était qu'un homme qui avait été de passage dans ma vie, plus les mois ont défilé, plus le mensonge a été dur à tenir. Il n'est pas nécessaire d'être un fin observateur pour constater qu'il est le portrait craché de Ted.

La voiture s'engouffre dans un garage familier et quelques secondes plus tard, on ouvre ma portière. C'est Jimmy. Son ami, lui, est déjà en route vers l'ascenseur.

— Tu as besoin d'aide ? me demande le grand blond en désignant mon fils.

— Ça va aller, réponds-je en m'extirpant du véhicule, tout en essayant de ne pas le réveiller.

La vérité, c'est que même si je n'ai aucun doute sur la loyauté de Jimmy, je ne suis pas prête à confier mon enfant à qui que ce soit. Pas quand je songe que la menace se rapproche à toute allure.

La cage de métal stoppe devant nous, les portes s'ouvrent et nous nous engouffrons tous à l'intérieur. Ted est concentré sur la console, sur laquelle il compose un code après avoir tapé l'étage désiré. Je sais par expérience qu'on n'accède pas aux niveaux détenus par Riviera Security dans la tour sans un protocole strict. Toutefois, je suis consciente qu'il pourrait le faire les yeux fermés. Là, il fait en sorte d'éviter mon regard, et pas seulement ça, je crois.

L'ascension débute dans le silence. Si je n'étais pas si inquiète, j'aurais presque de la peine pour Jimmy et Tiffany qui ne devaient pas imaginer finir leur soirée comme ça.

Le petit « ding » de l'ascenseur retentit, et les portes s'ouvrent sur l'étage qui est celui de l'appartement généralement utilisé pour les invités, ou quand l'entreprise a besoin de loger du personnel temporairement.

— Tu ne veux pas qu'on monte avec vous ? s'étonne Jimmy.

— Allez vous reposer, c'était une longue journée. J'ai déjà prévenu les gars du PC, ça sera bien suffisant pour la nuit, répond Ted.

Il y a un échange de regards entre les deux amis, puis Jimmy entraîne Tiffany hors de l'ascenseur.

— Bonne nuit, lance-t-il par-dessus son épaule.

Mais nous savons tous que celle-ci va être difficile.

Ted ne prononce pas un mot jusqu'à l'étage de notre appartement. *Son* appartement, me corrigé-je. Il ouvre la porte, et alors que je pénètre à l'intérieur, une sensation étrange m'envahit. C'est comme si l'endroit m'était familier et inconnu à la fois. Il y a toujours cette vue splendide sur le port, ce séjour aux larges baies vitrées, la cuisine ouverte et le couloir qui mène aux chambres. Mais ce n'est plus le lieu dans lequel j'ai vécu. Les meubles ne sont plus les mêmes, on se croirait dans un appartement témoin. C'est beau, luxueux, mais froid.

En vérité, je me moque complètement de la décoration, mais c'est le message qu'elle m'envoie qui me donne un pincement au cœur : il m'a effacée de sa vie.

— Vous pouvez vous installer dans la chambre d'amis, déclare-t-il sans même me regarder. Tu sais où elle se trouve…

Je suis tentée de lui répliquer que ce n'est pas en m'ignorant que son problème va disparaître, mais cette conversation attendra. Je prends la direction de la chambre, et dépose Vadim sur le grand lit. Mon fils laisse échapper un soupir, se retourne sur le côté, à peine perturbé dans son sommeil. C'est en devenant mère que j'ai compris l'expression « dormir comme un bébé ». J'ai renoncé depuis longtemps à l'idée de pouvoir moi aussi, un jour, vivre ma vie sans regarder constamment par-dessus mon épaule. Mais je souhaite que mon fils puisse garder son insouciance, et ça durablement. C'est bien pour ça que je suis ici, car son père est certainement l'unique personne qui pourra m'aider dans cette tâche. Et même si pour l'instant je suppose qu'il est surtout en colère, je sais que s'il devait m'arriver quelque chose, jamais il ne laisserait les hommes de Youri toucher un seul cheveu de Vadim.

Je referme la porte de la chambre doucement, puis je retourne dans le salon.

Ted est devant la fenêtre, un verre à la main. Il a retiré sa veste de smoking et son nœud papillon. Les manches de sa chemise blanche sont roulées sur ses avant-bras, faisant apparaître ses tatouages. Je suis consciente que je ne devrais pas avoir la tête à ça, mais je ne peux réprimer la sensation de chaleur qui envahit mon ventre, la même qui m'a saisie dès la première fois que j'ai posé les yeux sur lui. Je ne connais pas une femme qui serait capable de résister à la vision de Ted Carter en costume. Et certainement pas une femme qui sait que sous cette allure de bad boy se cache un homme au cœur d'or. Un homme qui avait décidé, fut un temps, que j'étais le centre de son monde, un homme qui m'a épousée alors même que je lui avais caché qui j'étais réellement. Parfois, je me demande s'il m'aurait repoussée s'il avait été au courant. Est-ce que tout aurait été différent ? Plus d'une fois, j'ai hésité à m'ouvrir à lui. Mais j'étais trop enferrée dans mes mensonges, j'ai eu peur de le perdre, peur aussi de le mettre en danger. Alors quand le passé m'a rattrapée, j'ai fait la seule chose qui me semblait logique : j'ai pris la fuite.

Conscient que je l'observe, il se tourne vers moi. Je constate que son verre ne contient qu'un liquide transparent. Le connaissant, ce n'est que de l'eau. S'il apprécie un bon whisky de temps à autre, boire plus que de raison, comme plus tôt dans la soirée, ne lui ressemble pas. Il aime garder les idées claires.

— Tu as besoin de quelque chose ? demande-t-il d'une voix morne.

Il n'y a pas de ressentiment, juste de l'ennui. Peut-être celui que je vienne l'interrompre dans sa contemplation du paysage qu'il connaît déjà par cœur.

— Tu n'as pas dit un mot.

Il hausse les épaules et son regard fuit à nouveau vers l'horizon.

— Il n'y a rien à dire. Il est tard, vous pouvez rester ici cette nuit, ton fils et toi. On parlera demain.

— Notre fils, le corrigé-je.

Ses prunelles azur se posent sur moi. Il prend une seconde avant de répondre :

— Je connais quelqu'un qui pourra réaliser un test et me donner les résultats rapidement.

Même si je m'étais préparée à ce genre de réaction, je reconnais que j'avais espéré qu'il me croie sur simple parole. J'acquiesce d'un signe de tête. S'il lui faut un test de paternité, je ne vais pas le lui refuser.

— À quoi on doit s'attendre ? demande-t-il ensuite.

Je comprends dans son regard qu'il ne parle plus de Vadim, mais bien du danger qui m'a fait fuir jusqu'ici.

— Ma famille, ils veulent mettre la main sur Vadim.

Il arque un sourcil interrogatif. Pour lui, aux dernières nouvelles, je n'avais plus de famille, alors apprendre qu'elle est maintenant à ma poursuite…

— Je croyais que ton père était mort il y a des années et ta mère disparue pendant ton enfance, me rappelle-t-il.

— Pour ma mère, je n'ai pas menti. Pour mon père… il est mort il y a deux semaines.

Son visage est fermé, un muscle tressaute dans sa mâchoire.

— Je sais que j'ai beaucoup de choses à t'expliquer. Je… ces hommes qui sont à notre recherche, ils sont dangereux.

Ted avance de quelques pas jusqu'à se planter juste

devant moi. Son regard est dur, je sens que son corps est tendu par une colère sourde, et je n'ai nul doute que j'en suis la cause.

— Tu sais que si tu as des ennuis, je vous aiderai, ton fils et toi. Mais j'ai besoin que tu me dises toute la vérité. Qui es-tu réellement, Sasha ?

8

TED

Sasha me regarde comme si je venais de lui demander l'impossible. Ma question est pourtant simple.

Elle est au demeurant parfaitement légitime, nous sommes mariés, j'ai le droit de savoir et de m'interroger sur la validité de notre mariage.

Voilà une belle question de droit à poser à mon avocat : l'union est-elle nulle lorsque l'épouse n'a pas donné sa véritable identité ? Ou alors subsiste-t-elle, faisant du mari le crétin de service qui a épousé une femme dont il ignore tout ?

Pendant que je m'égare avec mes interrogations absurdes, Sasha se rapproche pour venir se placer à mes côtés, et regarder à son tour la vue.

Son fils, notre fils… le test ADN s'impose, car si c'est mon fils, il est hors de question que je la laisse disparaître avec lui. Dans le cas contraire, je ne la retiendrai pas.

— Mon véritable nom de jeune fille, c'est Alexandra Smirnov.

Un grognement de frustration m'échappe, car c'est sans doute le nom de famille le plus commun en Russie.

Alexandra se tourne vers moi et soupire :

— Je suppose que si j'avais décidé de te mentir, j'aurais effectivement pu choisir ce nom pour noyer le poisson, mais je te jure que c'est mon nom, je ne mens pas.

Tout en levant un sourcil pour lui signifier le peu de poids que je donne à sa parole, je penche la tête pour l'inviter à continuer.

— Quand tu feras des recherches à propos de Lev Smirnov, tu verras que ce n'est pas un personnage imaginaire. Il vient de mourir et c'était tout sauf un homme doux et tranquille ([1]). C'était ce que les Italiens désigneraient comme un parrain. Il touchait un peu à tout : drogue, prostitution, chantage. Mais tout ce que je t'ai raconté à propos de mon enfance dorée était vrai. Ce sur quoi j'ai menti, c'était la nature de ses affaires, ainsi que sur le fait que je n'avais pas hérité ma fortune de mon père. Je la lui avais volée.

Sasha se tait un moment, sans doute histoire de me donner le temps de digérer le fait que tout ce que nous avons construit ensemble repose sur des bases pourries.

— Lorsque je t'ai rencontré, j'avais déjà dépensé une belle somme.

J'ouvre la bouche, mais aucun son ne sort.

Si ce qu'elle m'a laissé en partant, ce n'était rien, combien avait-elle volé à son père ?

— L'humanitaire, c'est ruineux !

Elle est sur la défensive, un peu comme si j'étais en train de lui demander des comptes.

— L'avion-cargo pour les évacuations, la construction de la clinique, le stock de médicaments, l'école pour les gamines, les sommes versées aux milices locales pour avoir la paix… c'était toi ?

Elle baisse les yeux en hochant la tête.

— Avec de l'argent sale que tu avais volé à ton père ?

— Qui es-tu pour me juger ? rétorque-t-elle. Les gens qui ont faim se moquent bien de l'odeur de l'argent qui a payé leur repas, ceux qui sont malades se moquent éperdument de savoir que leurs antibiotiques ont été achetés avec l'argent de la drogue !

— Et les gamines de ton école, celles à qui tu prétendais donner une autre idée du rôle de la femme dans le monde, tu crois qu'elles penseraient quoi d'apprendre que leurs livres et leurs cahiers avaient été acquis avec le produit de la prostitution ?

Avant même que les mots ne passent mes lèvres, je sais que je suis horriblement injuste.

La faute que Sasha a tenté d'effacer en distribuant cette fortune, ce n'est pas la sienne, mais celle de son père. Et pourtant, je m'adresse à elle comme si c'était elle qui avait mis des femmes sur le trottoir et revendiqué ensuite racheter ses erreurs.

Oui, je sais, c'est nul, c'est minable, mais j'ai décidé de rendre coup pour coup.

Ce que je lui fais subir n'est rien à côté de ce qu'elle m'a infligé.

Mais qu'est-ce qu'elle pensait en revenant ici ? Que j'allais lui ouvrir les bras et célébrer son retour comme si rien ne s'était passé ? À voir sa mine défaite, je constate que mon coup bas a porté. Elle est là devant moi, bouche ouverte comme si elle refusait de croire que c'est moi qui lance ces accusations contre elle.

— Je suis désolée, dit-elle. J'ai commis une terrible erreur.

— Ah oui ?

Ma réponse dégouline de sarcasme.

— Une seule ? Tu es sûre ?

Sasha se redresse et me foudroie du regard :

— Je sais que la liste est longue, mais je faisais référence à ma dernière erreur. Tu vois, j'avais imaginé que tu pourrais nous aider, mais ne t'inquiète pas, je ne vais pas m'acharner. Je vais appeler un taxi et nous allons repartir immédiatement.

— Vadim n'ira nulle part !

Trois pas et Sasha se dresse devant moi. Elle rugit comme une lionne qui défendrait son petit :

— C'est mon fils, et il viendra avec moi ! Et d'ailleurs tu avais raison de ne pas me croire, je ne suis même pas certaine qu'il soit de toi. C'est peu probable, j'ai juste raconté ça pour t'attendrir, mais…

Elle s'interrompt comme si elle se trouvait soudain à

court de mots, ou alors dépassée par ce dernier mensonge ?

— Mais quoi ? Je ne pense qu'à moi ? Ce n'est tout de même pas toi qui vas me faire la leçon et me traiter de monstre d'égoïsme ! Je sais que ce soir j'ai beaucoup bu, mais pas au point d'oublier que celui de nous deux qui est parti du jour au lendemain sans prévenir, c'est toi et pas moi. Moi, je suis le crétin de service qui s'est fait un sang d'encre en imaginant le pire, l'idiot qui croyait que son épouse l'aimait et ne serait jamais partie de son plein gré, l'abruti qui a retourné ciel et terre jusqu'à retrouver sa trace, et constater que sa femme coulait des jours heureux loin de lui. L'imbécile heureux qui…

Sasha pose sa main sur ma bouche pour me faire taire.

— Tais-toi, murmure-t-elle les yeux pleins de larmes. S'il te plaît, tais-toi.

Ma colère retombe aussi rapidement qu'elle était montée et je regrette les horreurs que nous nous sommes lancées à la figure.

— Même si je ne t'ai pas tout dit, nous deux c'était pas du cinéma. Les années avec toi ont été les plus belles de ma vie. Notre histoire était plus belle que tous les contes de fées que me racontait Polina lorsque j'étais enfant. Tu ne méritais pas ce que je t'ai fait subir, et j'espère que tu trouveras un jour le moyen de me pardonner.

Sasha retire sa main de ma bouche et la pose sur mon torse, comme si elle avait besoin de ce contact entre nous. C'est alors que, comme un réflexe surgi du passé, mes mains trouvent malgré moi leur chemin jusqu'à elle. Sans dire un mot, je l'attire contre moi. Elle résiste à peine avant de venir se lover dans mes bras. Sa tête retrouve sa place sur mon épaule et quelques secondes plus tard, je la sens sangloter.

Sa respiration est haletante, mais ses larmes silencieuses comme celles des femmes qui ont appris à cacher leur douleur.

— Tu es en sécurité ici, lui dis-je en caressant ses cheveux. Vadim et toi, vous pouvez rester ici aussi longtemps que vous voulez.

Comme si mes mots avaient ouvert les vannes, c'est un torrent de larmes qui s'échappe et trempe ma chemise. Je tente encore de la rassurer puis finis par me taire en la berçant doucement, comme on berce un enfant.

Lentement, je la sens reprendre ses forces, sa respiration redevient régulière et puis soudain, elle se redresse brusquement et s'éloigne de moi. Elle essuie ses yeux rapidement et affiche un grand sourire.

Son attitude m'échappe jusqu'à ce qu'une petite voix mélodieuse parvienne à mes oreilles :

— Maman ? Triste, maman ?

9

SASHA

Même si Vadim s'est exprimé en russe, je suis bien placée pour savoir que Ted le parle parfaitement. Ce qui compte, là tout de suite, c'est de rassurer mon fils. Je plaque un sourire sur mes lèvres, et il n'y a pas besoin d'être un fin psychologue pour s'apercevoir qu'il est tout à fait factice.

— Non, tout va bien, mon chéri.

Je m'accroupis, et Vadim se précipite dans mes bras. Est-ce parce qu'il ne gobe pas mon mensonge ? Ou bien à cause de l'homme impressionnant qui doit toujours être derrière moi ?

Une fois que je me suis redressée, il approche son visage de mon oreille comme s'il voulait me dire un secret.

— Est où, maman ?

La réponse à cette question n'est pas évidente. Et pourtant, du haut de ses deux ans et demi, il a besoin d'une explication. D'autant plus que ces derniers jours ont été compliqués pour lui. Sa vie a été bousculée : il a perdu son grand-père qu'il adorait — il n'en avait qu'une vision idyllique avec ses yeux d'enfant — et il a quitté précipitamment le seul foyer qu'il a toujours connu.

— Nous sommes chez Ted, finis-je par répondre faute de meilleure explication.

Il y a plein d'autres choses que j'aimerais lui dire, mais ce n'est pas le moment. Et quand je me retourne vers notre hôte, je comprends que j'ai bien fait.

Il est blanc comme un linge.

Ses yeux ne sont pas braqués sur moi, mais sur le petit bonhomme en pyjama dans mes bras. Est-ce qu'il se rend compte qu'il lui ressemble tellement ? Qu'ils ont les mêmes yeux bleus, le même sourire ?

Je tourne la tête vers Vadim, et lui aussi est en train de dévisager son père avec intérêt.

Et moi, je ne sais pas quoi dire. Je suis consciente de vivre un moment important, un moment que j'ai souhaité comme redouté depuis le jour où j'ai découvert que j'étais enceinte. J'ai presque l'impression d'être une intruse dans cet échange, mais je n'ose pas bouger pour autant. Est-ce que Ted pourrait me décevoir ? J'espère que non, il ne l'a jamais fait auparavant… mais ça, c'était avant que moi je ne le trahisse.

— Polina ? demande Vadim.

— Elle est restée dans l'autre appartement pour se reposer, réponds-je du tac au tac pour ne pas le préoccuper. Mais ne t'inquiète pas, je suis ici avec toi.

Il hoche la tête et se cramponne un peu plus à mon cou. Ted, qui semble avoir repris ses esprits, me dit :

— Vous devriez aller vous coucher. Je vais vérifier que tout est OK pour Polina.

Je le remercie par un regard. Je ne veux pas poser de questions qui pourraient affoler Vadim. Je sais que Ted n'a qu'une parole, s'il me dit qu'il va prendre soin d'elle, il le fera.

Avant de tourner les talons, je demande tout de même :

— On parlera demain ?

Il me dévisage pendant une seconde, puis acquiesce.

— On parlera demain.

Je rejoins la chambre avec mon fils qui est déjà à moitié reparti vers le pays des rêves. Je ne tarde pas moi aussi à m'endormir, éreintée, mais certaine pour la première fois depuis des années que je ne risque rien.

~

QUELQUES HEURES PLUS TARD, j'ouvre les yeux. Il me faut une seconde pour me rappeler où je suis. Je me retourne sur le grand lit en direction de mon fils…

Il a disparu !

Je me lève d'un bond, et me rue dans la salle de bains attenante pour vérifier s'il y est.

Personne.

Je fonce dans le couloir et pendant les quelques secondes nécessaires pour rejoindre le séjour, un tas de scénarios se bousculent dans ma tête. Aucun de très positif.

Quel n'est pas mon répit quand je le retrouve gentiment installé sur un tabouret de la cuisine en train de grignoter un biscuit ! Face à lui, Ted l'observe comme s'il s'agissait d'une bête sauvage prête à lui sauter à la gorge.

Lorsqu'ils m'entendent arriver, ils tournent tous les deux leurs visages vers moi. Deux paires d'yeux identiques, mais alors qu'une appartient à un petit bonhomme tout sourire, l'autre exprime un profond soulagement.

— Maman !

Vadim descend du tabouret et vient à ma rencontre. Je l'embrasse et il déclare :

— Ted m'a donné gâteaux.

Il pointe sous mon nez un biscuit et je lui souris tendrement. Mon fils est un bec sucré… tout comme son père.

Je me redresse et Ted s'explique comme si j'allais lui reprocher quelque chose :

— Il avait faim, je ne savais pas quoi faire.

— Tu as bien fait, réponds-je en posant instinctivement une main sur son bras, comme pour l'apaiser.

Son regard descend immédiatement sur celle-ci, et je la retire. Il a beau m'avoir pris dans contre lui hier soir, je ne suis pas certain qu'il apprécie que je le touche.

— Tu as du lait quelque part ? demandé-je histoire de faire diversion.

— Regarde dans le frigo.

Dans les minutes qui suivent, c'est un ballet très spécial qui se déroule dans la cuisine. Je prépare le petit déjeuner de mon fils et Ted s'affaire également. C'est maladroit, nous nous excusons dès que nous nous frôlons l'un l'autre. Vadim, lui, nous observe du haut de son tabouret. Est-il conscient du malaise ambiant ?

Quelques minutes plus tard, Ted dépose devant moi une tasse de thé.

— Tu le prends toujours nature ? demande-t-il.

— Oui, merci.

Mis à part cet échange, il n'y a qu'avec Vadim que je discute. Ted reste parfaitement silencieux ; je n'ai aucun doute sur le fait qu'il nous observe et que son cerveau tourne à plein régime.

Quand le petit-déjeuner est fini, il s'adresse pour la première fois à Vadim, en russe.

— Tu veux regarder un dessin animé ? lui demande-t-il.

Bien entendu, le gamin ne se fait pas prier face à cette proposition. Et moi, je décide que ce n'est pas le moment de jouer les mères anti-écrans. J'ai bien compris que ce que souhaite Ted, c'est discuter avec moi. Et il vaut mieux le faire loin des oreilles du petit.

Vadim s'est installé sur le canapé face à l'écran géant, et Ted allume le téléviseur. Tout à coup, il semble embarrassé.

— Je ne suis pas certain d'avoir des chaînes pour enfants en russe, me confie-t-il.

— Il parle aussi anglais.

Il a une seconde d'étonnement. C'est furtif, mais bien là. Je ne précise pas qu'il m'a paru nécessaire d'apprendre à mon fils la langue de son père.

Quand il revient vers moi, et qu'il s'assoit sur le tabouret à côté du mien, je le questionne :

— Polina ?

— Elle est en lieu sûr, ne t'inquiète pas.

Je m'attends alors à ce qu'il me reparle de ce test de paternité. Je préférerais faire sans, mais si on doit en passer par là…

Ted déclare à la place :

— Tu es la fille de Lev Smirnov, un des lieutenants de la Bratva de Saint-Pétersbourg.

Ce n'est pas une question, je vois qu'il a fait ses recherches. Je n'en attendais pas moins de lui.

Je hoche la tête.

— Qui te cherche ?

— Mon cousin Youri, à la mort de mon père c'est lui qui a repris ses responsabilités.

— OK.

Il patiente une seconde, comme pour analyser cette information, puis demande :

— Combien ?

— Combien ?

— Combien tu leur dois ?

OK, c'est le moment de vider ton sac, Sasha.

— Dix millions, réponds-je en évitant son regard.

Je sais que c'est une somme importante.

— OK, dit-il en se relevant.

— OK ? C'est tout ce que tu as à dire ?

Il cligne des yeux et déclare le plus naturellement du monde :

— Tu leur dois dix millions. Nous allons trouver une solution. Mais maintenant, il faut qu'on se dépêche, on est attendus à un brunch.

10

TED

— Un brunch ? s'étonne Sasha.

— Oui, pour Ken et Élodie.

Elle fronce les sourcils et baisse le regard vers le sol en faisant la moue.

— C'est que…

Je l'observe contempler ses pieds nus en hésitant, et soudain la lumière se fait.

Avant qu'elle n'ait une chance de m'expliquer qu'elle n'a rien d'autre à se mettre que ce qu'elle portait déjà hier, je règle cette question :

— Dans le placard du couloir, tu trouveras des boîtes avec ce que tu as laissé en partant. Et Polina a confié un sac pour le petit quand nous sommes allés la chercher, cette nuit.

Ce n'est rien de moins que de la stupéfaction qui s'affiche sur son visage.

Avait-elle imaginé que je les avais balancés, ou alors jetés au feu pour procéder à un autodafé vengeur ? Eh bien, non. Ce n'est pas l'envie qui m'en a manquée, mais je n'ai pas pu m'y résoudre.

Nul besoin d'avoir fait des études poussées de psychologie pour comprendre ce que ça veut dire : je n'avais pas encore achevé de tourner la page. Si je l'avais fait, j'aurais engagé une procédure de divorce. Ça aussi je l'ai remis à plus tard, comme de faire fondre nos alliances qui dorment encore dans le tiroir de ma table de nuit.

— Je prépare Vadim, je me change et je reviens, dit-elle en s'éloignant.

Pendant qu'ils sont dans leur chambre, je vérifie mes mails.

Rien. Il est sans doute encore trop tôt.

L'intermédiaire que j'ai contacté pour organiser une rencontre avec Youri n'est pas encore revenu vers moi. Le message que je lui ai fait passer est simple, il s'agit d'une question : le prix de la liberté de Sasha et Vadim. Je ne me fais aucune illusion, je sais que rembourser les millions qu'elle a volés ne suffira pas à réparer l'offense. Les intérêts vont être salés, mais pas au point de poser problème. Je pense que j'ai ce qu'il faut pour le satisfaire. Et comme c'est l'argent de Sasha que j'ai fait fructifier, je n'aurai aucun regret à m'en séparer.

— Nous sommes prêts.

La voix de Sasha me tire de mes pensées.

Elle est debout près de la porte. Sa tenue fait surgir dans ma mémoire des souvenirs que je croyais disparus. Je nous revois en train de déjeuner à la plage, le jour où elle a étrenné cette robe d'été. À ses pieds, les sandales du même rouge que les cerises qui parsèment le tissu du vêtement.

Vadim se tient à ses côtés, un jouet en plastique à la main, un animal préhistorique que je n'arrive pas à identifier. La paléontologie, c'est pas mon truc. L'expert en dinosaures et autres espèces disparues, c'est Nathan.

Nous descendons tous les trois jusqu'au parking. Le carrosse du jour a les vitres fumées. J'imagine qu'à la place de Youri, j'aurais des guetteurs aux quatre coins de Monaco. La Principauté n'est pas si grande.

— On va où, maman ? demande Vadim, alors que Sasha tente d'ajuster sa ceinture.

Merde, j'avais pas pensé qu'on aurait besoin d'un siège auto. Il va falloir que Sasha me fasse une liste de ce dont elle a besoin pour lui. Mes connaissances en matière de gamins sont quasi inexistantes. Je sais que les premiers temps, il s'agit de systèmes digestifs armés de cordes vocales, et qu'il faut attendre quelques années pour que l'acquisition du langage facilite la communication.

— Nous allons déjeuner avec des amis, lui répond Sasha.

— Non, proteste-t-il d'une toute petite voix.

— Oui, mais pas un déjeuner comme chez papy, explique Sasha. Tu ne seras pas forcé de rester à table si tu n'en as pas envie.

Il grommelle quelque chose que je ne comprends pas alors que je démarre, puis demeure silencieux pendant toute la durée du trajet. De rapides coups d'œil dans le rétroviseur révèlent qu'il s'occupe avec son jouet pendant que sa mère regarde par la fenêtre.

Il ne nous faut pas longtemps pour arriver jusqu'aux plages du Larvotto. Un appel, une minute avant notre arrivée, et un des chefs d'équipe a tout organisé. Il prend le volant pendant que Sasha, Vadim et moi descendons immédiatement dans le restaurant.

— Sasha !

Angel l'interpelle depuis l'autre côté de la salle et, devancée par son ventre gonflé, se hâte avec lenteur pour s'approcher de nous. Les deux femmes tombent dans les bras l'une de l'autre.

— Quand je me suis réveillée, j'ai demandé à James si je n'avais pas rêvé et si tu étais bien de retour, je n'arrivais toujours pas à le croire ! Tu ne peux pas savoir comme je suis contente de te voir, déclare la chanteuse.

— Laisse-moi mieux te regarder, lui dit Sasha en la tenant à bout de bras. Tu es rayonnante. La grossesse te réussit à merveille.

Se tournant vers son fils, elle ajoute :

— Vadim, je te présente mon amie Angélina. Angel, je te présente mon fils, Vadim.

Jouant le jeu de l'introduction officielle, Angel tend la main au petit garçon et déclare solennellement :

— Vadim, je suis ravie de faire ta connaissance.

Le regard d'Angel fait des allers-retours entre le visage de l'enfant et le mien, mais avant qu'elle ne puisse dire quoi que ce soit, Sasha secoue la tête de droite à gauche discrètement. Angel est assez fine pour comprendre qu'il lui faut garder pour elle tout commentaire sur le fait que le gamin et moi avons la même couleur d'yeux.

Connaissant sa nature romantique, j'imagine qu'elle est déjà en train de se faire un film.

Pas moi.

Je ne peux certes pas le nier, la ressemblance est là, mais elle ne veut rien dire.

À l'évidence, Sasha aime un certain type d'hommes. Il n'y aurait donc rien de surprenant à ce que je partage certaines caractéristiques physiques avec celui qui m'a remplacé.

— Venez, je vais vous présenter à la mariée, dit Angel en prenant Sasha par le bras et Vadim par la main.

Alors que je les regarde s'éloigner, Jimmy s'approche de moi.

— Ça va ? me demande-t-il.

Je hoche la tête par habitude.

La vérité, c'est que je ne sais pas trop si ça va.

La nuit a été trop courte pour que je puisse prendre le temps de me poser la question. J'y réfléchirai plus tard, une fois que Sasha et son fils seront en sécurité.

— J'arrive même pas à imaginer quel effet ça peut faire, renchérit Tiffany qui vient de nous rejoindre.

— J'avoue que son arrivée a été une surprise, mais bon, c'est pas comme si je l'avais crue morte. Je savais qu'elle coulait des jours heureux à Saint-Pétersbourg.

Tiffany et Jimmy m'observent tous les deux curieusement.

— Quoi ?

Ils échangent un regard comme s'ils s'étonnaient de mon incompréhension, et puis Jimmy m'interroge :

— Mais j'imagine que tu ne savais pas, pour ton fils ?

— Pour son fils, rectifié-je sur un ton péremptoire.

Tiffany éclate de rire.

— Sérieusement ? Tu l'as bien regardé ?

Je balaie ses questions d'un haussement d'épaules. La belle blonde cesse aussitôt de rire.

— Désolée, s'excuse-t-elle. Tu vas faire un test ADN, alors ?

— Même si au point de vue âge ça colle, autant que tu en aies le cœur net, remarque Jimmy.

— Sinon, je crois que Nathan est prêt à l'adopter, déclare Tiffany.

Jimmy et moi tournons la tête à la recherche du geek de l'agence de Saint-Tropez.

Il s'est agenouillé devant le petit garçon qui lui a prêté son jouet. Ils semblent avoir une discussion animée et je ne sais pas lequel des deux est le plus heureux de parler animal préhistorique.

Nathan ne le sait pas, mais il vient de se porter volontaire pour des heures de baby-sitting.

~

11

SASHA

C'est étrange de se retrouver ici, au milieu de ces gens qui faisaient partie de ma vie d'avant. L'espace d'un instant, c'est comme si je pouvais oublier que ces trois années ont existé. Mais la réalité me rattrape vite. Derrière les sourires de façade, je me rends bien compte que tous m'observent en se demandant ce que je fais ici. Il y a une méfiance dans leurs regards, que je comprends tout à fait. En partant, je n'ai pas trahi que Ted. Certaines personnes, ici présentes, étaient des gens dont j'étais proche. Je me suis souvent interrogée sur la façon dont ils avaient pris la nouvelle de mon départ précipité. Et puis, il y a ceux qui travaillent pour *Riviera Security*. Je vois bien aux coups d'œil qu'ils me lancent qu'ils sont sur leurs gardes. Leur ancienne patronne est-elle devenue une menace ?

Je n'ai aucune idée de ce que Ted a pu raconter

entre hier et aujourd'hui. On pourrait trouver surprenant qu'il veuille nous emmener ici avec lui. Mais si pour certains nous ressemblons peut-être à une jolie petite famille enfin réunie, je sais que dans sa tête il n'y a rien de tout ça. La simple raison pour laquelle nous sommes avec lui, c'est qu'il est beaucoup plus facile de nous surveiller ainsi. D'autant plus que l'effectif de sécurité est particulièrement important pour l'événement.

Andrea s'approche de moi. Quand il m'a aperçue hier, au mariage, je crois qu'il a été tout aussi choqué que Ted. Il ne m'a d'ailleurs presque pas adressé la parole. Il fait partie de ces fameuses personnes que j'ai détesté abandonner derrière moi, sans une explication. Même si c'est dans le cadre du travail que nous nous sommes connus, nous avions des liens forts, c'était peut-être mon ami le plus proche. Et je l'ai laissé tomber.

— Salut, dit-il clairement mal à l'aise.

— Salut, réponds-je tout aussi maladroitement.

Nous nous dévisageons pendant quelques secondes, ne sachant ni l'un ni l'autre quoi dire. Il a certainement des reproches à me faire, et j'ai des excuses sur le bout de la langue, mais elles me semblent ridicules.

Il finit par écarter les bras, et lâche presque las :

— Putain, viens ici !

Je me laisse aller à son étreinte familière.

— Tu m'as manqué, murmuré-je contre sa chemise.

— Toi aussi, répond-il contre mes cheveux. C'est bon de te revoir.

Je recule et à nouveau je suis embarrassée.

— Je suis désolée, Andrea. Je… c'était compliqué.

Et là, je l'aperçois, cette lueur de déception qui brille au fond de son regard. Celle qui m'en veut de ne lui avoir rien dit, de ne pas avoir sollicité son aide. Mais au lieu de me faire des critiques à haute voix, il annonce :

— Ce n'est pas le moment ni l'endroit pour en discuter. Mais j'espère que tu m'expliqueras tout.

Je hoche la tête en souriant, mais c'est difficile. Parfois, j'ai regretté de ne pas m'être ouverte à Ted ni à lui. À certains moments, j'ai eu l'impression qu'ils auraient pu m'aider. Puis, je me rappelle que mon père n'aurait pas hésité à leur faire du mal si ça avait permis de faire pression sur moi, et que c'est justement pour ça que je me suis enfuie, pour les protéger.

Alors, je lance sur un ton plus enjoué :

— Il paraît que tu es le beau-frère de Ken, dorénavant ?

— Je vois que les nouvelles vont vite. Tu es là depuis moins de 24 heures, et tu es déjà au courant ?

Je ne lui précise pas que même si j'étais loin, j'ai quand même gardé un œil sur eux.

— Qu'est-ce que tu veux, c'est mon petit côté romantique, plaisanté-je.

— Tu n'es pas romantique. De vous deux, ça a toujours été Ted le plus exalté, répond-il du tac au tac avant de se rendre compte de ce qu'il vient de dire.

Il se reprend :

— Pardon, ce n'était pas très approprié.

— C'est pas grave.

Et pour dissiper le malaise, je propose :

— Et si tu me présentais Madison ?

Quand Ted et moi nous nous sommes connus, il était déployé au Moyen-Orient avec Ken et Jimmy. J'ai entendu plus d'une fois le grand brun parler de sa petite sœur rebelle qu'il a élevée comme sa propre fille, mais je n'ai jamais eu la chance de la rencontrer.

Alors que nous sortons de la salle de restaurant pour rejoindre la plage sur laquelle certains invités sont installés, je demande :

— C'est Ken qui vous a présentés l'un à l'autre ?

— Pas exactement, c'est une longue histoire, mais Madison avait été enlevée par un mafieux russe du nom d'Arkady. Et nous sommes intervenus pour la délivrer.

Quand il prononce le nom de l'homme, je manque de défaillir. Andrea se retourne vers moi.

— Ça va ? demande-t-il.

— Oui, mens-je. Je me suis juste coincé le talon dans le sable. Je vérifiais que Vadim était toujours avec Nathan, et je n'ai pas fait attention.

Nous rejoignons le petit groupe dont fait partie sa chère et tendre. Il se glisse derrière elle et dépose un baiser dans son cou, avant de lui murmurer quelque chose à l'oreille. La seconde suivante, le regard de la jolie brune est braqué sur moi.

Nous discutons quelques minutes. Je n'ai jamais connu Andrea en couple, mais il est évident que ces deux-là sont fous amoureux l'un de l'autre. Madison est une jeune femme pétillante, et j'ai l'impression qu'avec leurs deux caractères combinés, ça doit être explosif par moments.

Notre discussion est finalement interrompue par Ken qui demande à sa sœur :

— Je peux t'emprunter Sasha un instant ?

Je connais assez l'ancien militaire pour savoir qu'il ne s'agit pas vraiment d'une question. Il me fait signe de le suivre, et le moins qu'on puisse dire c'est qu'il a l'air tendu.

Nous rentrons dans le restaurant, et il ouvre une petite porte sur la droite qui ressemble à une réserve. Il la referme derrière nous, et j'ai soudain la sensation de me retrouver au milieu d'un film d'espionnage au moment où le héros se fait interroger sans ménagement par le camp adverse. Mais s'il pense m'impressionner avec ce genre de mise en scène, Ken se fourre le doigt dans l'œil. Ma vie entière est remplie de scènes de ce type. Je ne suis pas facilement intimidée.

— Qu'est-ce que tu fais ici, Sasha ?

Je joue les ingénues.

— Je suis désolée d'être là sans invitation, c'est Ted qui m'a dit…

— Ne me prends pas pour un idiot, je ne parle pas de ça, me coupe-t-il.

Un lourd silence s'ensuit, je finis par répondre :

— C'est une histoire compliquée.

— J'ai tout mon temps.

— Je ne crois pas. Tu as une centaine d'invités qui t'attendent de l'autre côté de cette porte.

— Oui, et l'un d'entre eux est un ami très cher et

qui a beaucoup souffert par ta faute, même s'il est trop fier pour l'avouer. Alors ma question est simple : est-ce que tu es revenue pour foutre le bordel à nouveau dans sa vie ?

— Je n'ai jamais voulu…

Il ricane.

— Sérieusement, Sasha, tu croyais qu'il n'allait pas te chercher ? Tu pensais qu'il allait tirer un trait sur toi, et refaire sa vie juste parce que tu lui as demandé de le faire ? Alors c'est certain, pour beaucoup, il a l'air tout à fait bien dans ses baskets. Il se noie dans le boulot, et la boîte est en pleine extension. Mais quand je suis rentré de déploiement l'année dernière, j'ai tout de suite compris qu'il avait beau faire semblant d'aller bien, ce n'était pas le cas.

Il lâche un soupir de frustration.

— Tu sais qu'il vénérait le sol que tu foulais. Je ne sais pas pourquoi tu es partie, mais il méritait au moins que tu le quittes d'une autre façon.

Des larmes de rage me montent aux yeux. Je savais que Ted allait me reprocher la façon dont je suis partie, mais là, l'entendre dans la bouche de Ken, c'est différent.

— Je l'ai quitté comme ça, car je n'avais pas le choix ! m'énervé-je. Je l'ai fait pour lui.

Ken m'observe et m'interroge :

— Tu étais au courant que tu étais enceinte ?

— Non. Et avant que tu le demandes, oui, c'est bien son fils.

— Je n'avais pas besoin de te poser la question.

Sa réponse m'étonne, et ça doit se lire sur mon visage, car il explique :

— Je n'ai aucun doute sur ce point, ça se voit comme le nez au milieu de la figure que c'est son fils. Et même si je n'arrive toujours pas à comprendre pourquoi tu l'as quitté, je sais que tu l'as aimé. Donc je t'imagine mal faire un gosse avec quelqu'un d'autre juste après être partie.

— Merci pour le vote de confiance, grommelé-je.

— Ce qui me laisse penser que tu t'es enfuie pour le protéger.

Mon silence vaut pour confirmation. Ken poursuit :

— Et tels que je vous connais tous les deux, vous allez vouloir régler ça dans votre coin. Mais ce n'est pas comme ça que ça va se passer.

— Ah oui ? Et c'est toi qui as décidé ça ?

Ken s'approche et déclare :

— Si je reprends les mots de ton cher mari, chez *Riviera Security*, on est une famille. Et une famille, ça se serre les coudes. Alors on va tous bruncher ensemble, et ensuite vous allez nous expliquer le problème. Parce que même si sur le papier c'est mon boss, il est hors de question que cette fois-ci je le laisse gérer ça tout seul.

~

Pendant que je digère ce qu'il m'a annoncé, il tourne les talons et ouvre la porte pour rejoindre la salle. Je ne sais pas trop ce qui vient de se passer, mais on dirait que pour la première fois depuis trois ans, je ne vais plus être seule.

12

TED

Youri est en retard. À moins qu'il se soit trouvé un poste d'observation pour faire preuve de prudence et vérifier que je suis bien venu seul. Je ne vais pas le lui reprocher alors que, moi aussi, j'ai pris mes précautions. James est attablé à la terrasse d'un des nombreux cafés de la rue d'Antibes à Cannes, à quelques mètres du point de rencontre que j'ai choisi volontairement très passant.

Jimmy, installé sur une moto, m'observe de plus loin, un téléphone à l'oreille, en grande conversation avec un interlocuteur imaginaire.

— Derrière toi, je pense que c'est lui, m'annonce James dans l'oreillette.

Je ne bouge pas et feins de sursauter lorsqu'une voix dans mon dos m'interpelle.

— Monsieur Carter ?

Je me retourne lentement et souris à l'homme qui est arrivé.

Il est jeune, une vingtaine d'années, la petite trentaine à tout casser, et il parle le français sans accent.

— Youri Smirnov ?

— Oui. Vous avez demandé à me rencontrer ?

Droit au but, c'est bien. Lui non plus n'a pas de temps à perdre.

— Une de mes clientes m'a dit qu'il fallait que je m'adresse à vous pour négocier le prix de sa liberté et celle de son fils.

Smirnov penche la tête et reste silencieux un moment.

J'entends presque le cliquetis des rouages de son cerveau alors qu'il semble s'interroger sur le sérieux de ma proposition.

Je devine qu'il a décidé de mordre à l'hameçon lorsqu'il redresse son visage.

— Je vous écoute, dit-il sèchement.

— Ma cliente est consciente du fait qu'il lui faudra vous remettre l'ensemble des sommes…

Je cherche mes mots, car je ne veux en aucun cas admettre qu'il y a eu un détournement de fonds. Je doute qu'il soit en train de m'enregistrer et qu'il envisage ne serait-ce qu'un instant une action en justice, mais autant ne prendre aucun risque.

— … des sommes dont votre organisation attendait le paiement.

— J'imagine qu'elle comprend qu'un simple remboursement ne va pas suffire pour obtenir un pardon définitif, répond-il avec un demi-sourire.

Un passant qui attraperait des bribes de notre

conversation pourrait croire surprendre un échange parfaitement civilisé entre deux hommes d'affaires. Toutefois, s'il y regardait de plus près, il se rendrait compte qu'il s'agit d'une discussion bien plus tendue. Il suffit d'examiner attentivement les petits yeux noirs de Youri pour voir que c'est un serpent venimeux qui attend le moment propice pour bondir sur sa proie.

Mais s'il est le cobra, moi je suis la mangouste. Je ne ferai pas l'erreur de le sous-estimer, mais il ne me fait pas aussi peur qu'il le pense.

— C'est précisément de ces pénalités dont je voulais discuter, lui dis-je.

— Vous comprenez qu'elles vont être sévères.

Je hoche la tête et patiente. Je ne vais pas faire la bêtise de parler le premier. Youri laisse passer de longues secondes avant d'ouvrir la négociation.

— Nous savons nous montrer raisonnables quand il le faut, dit-il.

— Je n'en doute pas.

Ma réponse est teintée d'ironie. Si l'heure n'était pas si grave, j'éclaterais de rire. Ceux qui commencent par annoncer qu'ils vont se montrer raisonnables ne le sont que rarement.

— Une pénalité de cinquante pour cent devrait permettre de réparer l'offense.

Moi qui avais imaginé qu'ils allaient doubler la somme, je suis agréablement surpris.

Le regard fixé sur moi, Youri se méprend sans doute sur le sens de mon absence de réaction :

— Ne vous y trompez pas, c'est une offre très généreuse, insiste-t-il.

— Je vois.

Je suis d'accord, mais il est hors de question de le reconnaître.

— Si la somme n'était pas aussi importante, nous aurions réclamé une pénalité de 100 %, mais là nous avons décidé de nous montrer réalistes et magnanimes.

— L'argent est dans une banque des Caïmans, il suffit que vous nous disiez où le virer et vous serez remboursés rapidement.

— Rapidement ?

Il prononce ce mot avec suspicion.

— Vraiment ? Vous n'avez rien à vendre ou à liquider pour réunir la totalité ?

— Je me suis laissé dire que la banque était prête à avancer la somme sans attendre que toutes les opérations soient achevées.

Haussant les sourcils, Youri pousse un sifflement d'admiration.

— Les quinze millions d'euros seront sur votre compte avant la fin de la semaine.

Youri me dévisage curieusement et puis éclate de rire comme si je venais de lui raconter une bonne blague.

— Quinze millions ! s'exclame-t-il avant de rire de plus belle.

À l'évidence, il y a quelque chose qui m'échappe, et ce qui me contrarie c'est que je n'arrive même pas à imaginer quoi.

La crise d'hilarité de Youri prend fin aussi rapidement qu'elle avait commencé.

Lorsqu'il s'adresse à moi de nouveau, il a tombé le masque.

— Quinze millions, répète-t-il.

Devant mon air interloqué, il semble se radoucir et c'est sur un ton parfaitement condescendant qu'il s'explique :

— Si votre cliente vous a dit qu'elle nous avait volé dix millions, elle s'est moquée de vous.

— De quelle somme parlons-nous, alors ?

— Multipliez la somme par quatre et vous commencerez à vous rapprocher de la vérité.

— Quarante millions d'euros ? demandé-je pour être certain d'avoir bien entendu.

— Plutôt cinquante millions… précise-t-il. Mais j'ai tout de même une bonne nouvelle pour vous : on discute de dollars, pas d'euros.

— Ah oui, effectivement, ça change tout !

L'ironie de ma réponse ne lui échappe pas et il me tape sur l'épaule. Le geste est amical. Celui qu'un bon copain compatissant aurait vis-à-vis du crétin qui, lui aussi, s'est fait rouler par la même nana.

— Alors vous direz à Sasha que le boss veut ses cinquante millions et vingt-cinq d'intérêt. Je vous donne un numéro où me joindre, dit-il en glissant une carte de visite dans la poche de ma chemise. Ne tardez pas trop parce que la patience n'est pas le fort de mon boss.

Youri me tourne le dos et s'éloigne d'un pas tranquille.

Je fais immédiatement un discret signe de la tête à Jimmy qui démarre sa moto pour le filer.

Envisageant l'hypothèse selon laquelle Youri a laissé des mecs derrière lui pour me suivre afin de remonter jusqu'à ma prétendue cliente, je fais un milliard de détours. À mi-chemin je m'arrête même pour examiner la carte de visite qu'il m'a donnée, histoire de vérifier si la belle qualité de papier ne dissimule pas une puce qui lui permettrait de me repérer.

Convaincu que personne n'a pu me suivre, je rentre enfin chez moi.

En réalité, nul besoin de me coller au train pour retrouver cet immeuble, c'est l'adresse du siège social de *Riviera Security*. Ce que peu de gens savent, c'est que mon domicile est situé quelques étages plus haut et que Sasha et moi sommes propriétaires de plusieurs appartements dans l'immeuble. Enfin, la banque et nous, car il s'agit d'investissements que les loyers remboursent. Pour le commun des mortels, nous sommes à la tête d'une fortune. Pour des hommes comme Youri, nous n'avons ramassé qu'une poignée de pièces jaunes.

Une fois la voiture garée au parking, je file directement jusqu'à chez moi.

J'ouvre la porte si brutalement qu'elle vient se cogner contre le mur de l'entrée.

Sasha sursaute et pose la main sur son cœur.

— Tu m'as fait peur, dit-elle.

— Où est Vadim ?

— Il est descendu avec Nathan jusque dans les bureaux pour regarder une animation avec des vélociraptors, explique-t-elle avec un sourire indulgent sur les lèvres.

— C'est parfait, dis-je en franchissant la distance qui nous sépare en quelques enjambées. Toi et moi, il faut qu'on parle.

Sasha me connaît assez bien pour comprendre que je suis contrarié.

Mais contrarié est un doux euphémisme. Je suis fou de rage.

— Ça ne va pas ? me demande-t-elle en se levant du canapé. Il s'est passé quelque chose ?

Je prends une grande respiration pour tenter de contrôler la colère qui n'a fait que croître et embellir pendant tout le chemin du retour.

— Non, ça ne va pas du tout, lui dis-je avec un ton si calme que je me surprends moi-même.

Sasha fait un pas de plus vers moi puis s'immobilise.

— Je peux faire quelque chose ?

— Oui, tu peux arrêter de me prendre pour un abruti.

13

SASHA

Les colères de Ted m'ont toujours impressionnée. Pourtant, avec le nombre d'hommes sanguins qui font partie de mon entourage, je devrais être blasée. Mais Ted n'est pas du genre à vociférer des insultes ou des ordres à la moindre contrariété, non. Son irritation est la plupart du temps à peine visible, pour beaucoup de gens elle est même indécelable. À peine une expression fermée, un muscle qui tressaute dans sa mâchoire, un éclair glacé dans son regard.

Mais je ne suis pas la plupart des gens. Je suis sa femme. Et même si je n'ai pas tenu de rôle au premier plan de sa vie ces trois dernières années, je pense être toujours la personne qui le connaît le mieux. Et une chose est certaine, en cet instant, il est particulièrement contrarié. Pourquoi ? Aucune idée.

— Oui, tu peux arrêter de me prendre pour un

abruti, me répond-il quand je demande si je peux faire quelque chose.

Je stoppe net dans mon élan. Si j'avais bien compris que quelque chose ne s'était pas passé comme prévu, je n'avais pas imaginé qu'il m'en veuille.

— Te prendre pour un abruti ? Je… je ne comprends pas.

Il passe une main sur son visage, je crois que ma réponse ne fait qu'empirer son état.

— Tu pensais qu'il me faudrait combien de temps pour me rendre compte que tu ne m'avais pas donné toutes les informations concernant l'argent que tu as volé ?

Alors que je reste interdite, il poursuit :

— Ce que je n'arrive pas à comprendre, c'est pourquoi tu m'as envoyé rencontrer ton soi-disant cousin avec une fausse information. C'était pour faire quoi, au juste ? Gagner du temps ? Tu pensais me dire : *ah oui, excuse-moi Ted, je me suis trompée, ce n'est plus dix, mais cinquante millions que je leur dois. Mais qui compte ?*

Il fait une piètre imitation de moi pour cette dernière partie. Cela m'aurait fait rire dans d'autres circonstances, mais pas maintenant.

— Mais… je… Youri t'a menti ! Je n'ai jamais volé cinquante millions !

Ted me fusille du regard.

— Oh, mais il avait l'air tout à fait sérieux quand il a énoncé la somme…

— Mais ce n'est pas vrai !

Il soupire.

— Tu vois, Sasha, je pense être assez fort pour détecter quand une personne me fait tourner en bourrique. Du moins, c'est ce que je croyais jusqu'à il y a quarante-huit heures, quand j'ai découvert que mon ex-femme m'avait menti sur son identité et certainement sur tout un tas d'autres choses, sans que je soupçonne quoi que ce soit. Alors mon radar à menteurs est peut-être défaillant, mais ce Youri, ce cousin à toi, ou quoi qu'il soit en vérité, il n'avait vraiment pas l'air de plaisanter. Et étrangement, je suis plus poussé à le croire lui que toi.

— Je suis toujours ta femme, protesté-je.

Il me dévisage en croisant les bras sur sa poitrine.

— Sur ce que je viens de te dire, c'est ça qui te fait réagir ? Femme, ex-femme, peu importe. À vrai dire, je ne pense même pas que notre mariage soit légal. Mais là, nous sommes sur un autre sujet. Jusqu'à quel point tu penses me prendre pour un con, Alexandra ? Je suis prêt à te laisser une dernière chance, je ne sais même pas pourquoi, d'ailleurs. Dis-moi combien tu dois réellement à Youri ?

Je m'avance jusqu'à n'être plus qu'à quelques centimètres de lui. Je plante mes yeux dans les siens, histoire qu'il puisse y lire si possible que je lui dis toute la vérité. J'articule lentement :

— Je ne t'ai pas menti, Ted, j'ai volé dix millions à mon père, pas un centime de plus.

Nous nous affrontons du regard. Je suis consciente qu'il lui faudra du temps avant qu'il ne me fasse confiance à nouveau. Mais j'espère qu'il arrivera tout de même à voir que je suis sincère.

— Quel intérêt aurais-je à te mentir ? demandé-je doucement.

Il ferme les yeux en inspirant, puis secoue la tête. Il se détourne de moi, sans avoir répondu à ma question. Il se plante face à la baie vitrée, les mains dans ses poches.

— Pourquoi Youri semble convaincu que tu as volé cinquante millions ?

— Sincèrement, je n'en ai aucune idée.

— Tu penses qu'il bluffe ?

— Ce n'est pas son genre.

— Cet argent que tu as volé, il était à qui ?

— À mon père, je te l'ai déjà dit.

— Comment l'a-t-il gagné ?

Ça aussi je le lui ai déjà expliqué, mais je sais ce qu'il fait, il essaye de réfléchir, de reprendre les faits un par un pour les additionner, et voir s'il pourrait trouver un autre résultat.

— Il faisait partie de la Bratva.

— Quel niveau ?

Je renâcle.

— Tu te doutes bien que je n'ai pas toutes les informations. Je suis une femme, et mon père était plutôt de la vieille école. Pas du genre à me confier ses petits secrets. Mais si j'en crois notre train de vie à Moscou, et le nombre d'hommes sous ses ordres, je suppose qu'il était assez haut placé.

— Et maintenant qu'il n'est plus là, c'est Youri qui a pris sa place.

Je hoche la tête même si ce n'était pas une question. Un silence s'ensuit, puis Ted demande :

— Pourquoi ton père est venu te chercher il y a trois ans ? Pour l'argent ?

— Ce n'était qu'un prétexte. En le volant, j'ai bafoué son honneur, et ça tu te doutes qu'il ne le supportait pas.

— Il aurait pu te tuer, constate-t-il.

— J'étais sa fille. Il n'aurait certainement pas gagné le prix du père le plus aimant, mais je crois que supprimer son unique enfant légitime était tout de même une ligne difficile à franchir pour lui. Et quand il a découvert ma grossesse, j'ai gagné en quelque sorte un sursis.

Ted se retourne vers moi et arque un sourcil interrogatif.

— Mon père et Youri se détestaient cordialement. Alors avec la naissance de Vadim, mon père avait enfin un héritier direct pour son petit empire.

— Et toi, tu étais prête à jouer le jeu ?

Je hausse les épaules.

— Qu'est-ce que tu voulais que je fasse, au juste ?

— Tu aurais pu t'enfuir.

— Se cacher seule, c'est une chose. Se cacher avec un enfant, c'en est une autre, crois-moi. Et il n'était pas question que de Vadim et moi.

— Et de qui d'autre alors ?

Je l'observe incrédule. Il n'a toujours pas compris ?

— Mon père n'était pas totalement stupide, Ted. Tu crois qu'il lui aurait fallu combien de temps pour trouver qui était le père de Vadim ?

Ted ne répond pas à ma question, alors pour être certaine qu'il n'y ait pas de malentendu, j'énonce à haute voix la réponse :

— J'ai passé un accord avec lui. J'acceptais de vivre selon ses règles et Vadim également, et en échange, il renonçait à te chercher.

14

TED

Lentement, je fais un pas en arrière.

Respirer, il faut se rappeler de respirer.

Les mots de Sasha me font l'effet d'un coup de poing en plein plexus. Mais dit-elle la vérité ?

Là, à l'instant, je ne sais plus trop quoi penser. Mon penchant serait de la croire, car comme elle me l'a fait remarquer, quel intérêt aurait-elle à me mentir ? Il me faut un moment pour y réfléchir.

Pour l'instant, j'ai un autre point à éclaircir.

— Son unique enfant légitime ?

Sasha hausse les sourcils. Sa stupéfaction n'est pas feinte. S'attendait-elle à ce que je la remercie de m'avoir sauvé la vie ? Ce serait bien mal me connaître. D'abord, parce que je doute de la sincérité de ses propos. Ensuite parce que, même si son père avait fait ce chantage, je suis un grand garçon capable de se défendre tout seul. Elle en est consciente. Enfin, parce que si elle avait cru à cette menace, elle m'aurait prévenu. Tout le monde sait ce que valent les promesses des mafieux russes.

— Tu as des frères et sœurs ? insisté-je.

— Quand il est décédé, j'étais l'unique enfant qui lui restait, répond-elle.

— Qu'est-il arrivé aux autres ?

Sasha pose les paumes des mains sur ses tempes, comme pour chasser une migraine, et ferme les yeux.

— J'avais un frère, enfin un demi-frère, et il est mort.

— Tu ne m'en avais jamais parlé.

— Parce que nous n'étions pas proches.

Elle me tourne le dos, et met un peu plus de distance entre nous avant de continuer.

— C'était l'enfant de la prostituée préférée de mon père, murmure-t-elle.

— Intéressant.

— Pour le prouver, elle avait même fait faire un test ADN, mais elle aurait pu s'en passer.

— Ah oui ?

— Mon frère était le portrait craché de notre père, et pas seulement physiquement. Il pensait comme lui.

Je hoche la tête pour l'encourager à poursuivre.

— Il a gravi les marches de l'organisation en travaillant comme proxénète, et ensuite, il a élargi son champ d'action à d'autres domaines. Il était très doué. Je ne sais pas s'il était véritablement ambitieux, ou si son but était de gagner la considération de notre paternel.

— Il n'y est pas arrivé ?

Sasha secoue la tête.

— Non, jamais. Pour notre père il est resté un spermatozoïde égaré. À aucun moment, il ne l'a reconnu comme son fils, alors faute d'arriver à le détester lui, il s'est acharné contre moi. C'est même lui qui l'a aidé à me retrouver ici.

Elle soupire, et revient à notre sujet de conversation initial.

— Cinquante millions ? demande-elle.

— Plus 50 % d'intérêt, ajouté-je ironique. Autant être précis.

— Soixante-quinze millions… Ça pourrait être cent millions, observe-t-elle sur un ton découragé.

— Tu ne lui en as véritablement pris que dix ? lui demandé-je en me rendant compte du côté absurde de ma question.

Oui, *juste* dix millions.

— C'est ça, et sur son compte personnel.

À mon air surpris, elle s'explique :

— Je faisais office de comptable. Il était dyslexique, et ne voulait pas que ça se sache. J'avais donc tous les codes de tous les comptes auxquels il avait accès, et j'aurais aussi bien pu me servir sur ceux de ses patrons, mais je ne l'ai pas fait.

— En gros, ce que tu es en train de me dire, c'est que tu es une bonne fille parce tu as dérobé de l'argent à lui seulement, alors que si tu avais également volé ses patrons, ils lui auraient fait la peau ?

— Évidemment, lorsque tu le présentes comme ça…

Sasha se laisse tomber dans un canapé en soupirant. Je m'installe en face d'elle et insiste :

— Sauf que ce n'est pas ce que m'a dit Youri.

Elle secoue la tête. Plus je l'observe, plus je pense qu'elle me dit la vérité.

Mais si je ne me fais pas d'illusions à son sujet, et qu'elle est effectivement sincère…

C'est alors que la lumière se fait dans mon cerveau, qui depuis son arrivée tourne manifestement au ralenti. Pour en avoir le cœur net, je l'interroge :

— Ça se passait comment, les opérations bancaires avec ton père ?

Elle penche la tête, elle ne comprend pas la question.

— De façon pratique, c'était toi qui avais mémorisé les numéros de compte et les codes ?

— C'est ça.

— Mais les opérations, les virements entre comptes ?

— Ah oui, dit-elle en saisissant enfin le sens de ma question. Alors voilà, je faisais les comptes, et lui présentais un document sur lequel j'avais totalisé les sommes encaissées par les sociétés qui servaient d'écran aux diverses activités, et appliqué une clef de répartition qu'il m'avait donnée.

— D'accord.

— Ensuite, il allumait un ordinateur qu'il gardait dans son coffre, et qui était le seul avec lequel on pouvait accéder aux comptes. Il naviguait jusqu'au site de la banque, et là, une fois les codes rentrés, c'était lui qui prenait la main.

— Toujours ?

— Oui… enfin sauf le jour où il a dû partir en catastrophe. Ce jour-là, il a oublié de refermer le coffre. C'est le jour où j'ai saisi ma chance.

— Tu as ouvert un nouveau compte, et viré les dix millions que tu lui as volés.

Sasha hoche la tête.

— Et il n'en a jamais parlé à personne, affirmé-je.

Sasha ouvre la bouche, comme si elle hésitait.

— Oui, je suppose.

— Et tu ne t'es jamais demandé pourquoi ?

— Pas vraiment. Maintenant que tu me poses la question, je pense qu'il était bien trop fier pour avouer à qui que ce soit qu'il avait mal placé sa confiance, et qu'il s'était fait rouler. Surtout par une femme. Tu crois qu'il y a une autre raison ?

— Eh bien, si je ne me trompe pas, s'il n'a rien dit, ce n'est pas par amour-propre. On a beau avoir sa fierté, dix millions de dollars c'est une somme suffisante pour la ravaler, et faire quelque chose.

— Mais alors pourquoi ?

— Parce que l'argent que tu lui as pris, il n'était sans doute pas censé l'avoir.

Sasha fronce les sourcils et réfléchit.

Je laisse passer un moment, pour voir si elle va parvenir à la même conclusion que moi.

— Tu veux dire que… c'était de l'argent qu'il avait lui-même détourné ?

Je hausse les épaules, car maintenant cette possibilité s'impose comme une évidence.

— Mais oui, c'est sûr. S'il avait pris un peu plus que sa part, et que je me suis servie sur un compte qui n'était pas supposé exister, alors il ne pouvait dire à personne que je lui avais volé quoi que ce soit.

Sasha soupire puis ajoute :

— Alors tu me crois, maintenant ?

— Oui, je te crois. Je ne te fais toujours pas confiance, car je pense que pour ton fils, tu serais prête à tout.

Le soulagement laisse place à la déception sur son visage.

C'est peut-être mesquin de ma part, mais je dois avouer que si je l'ai blessée, j'en suis ravi.

Maintenant que cette question accessoire est résolue, reste à répondre à la principale : sans l'argent, comment va-t-on faire pour se débarrasser de Youri ?

15

SASHA

J'essaye de faire fi des soupçons de Ted envers moi, et me concentre plutôt sur Youri. Pourquoi pense-t-il que j'ai volé 50 millions de dollars ?

Puis soudain, tout est clair dans mon esprit.

— Youri ne savait pas que mon père avait détourné l'argent avant sa mort, affirmé-je à haute voix, tout autant pour Ted que pour moi-même.

— Tu n'as pas dit que les relations entre lui et ton père étaient tendues ? Ce n'était pas à cause de ça ?

— Elles l'ont toujours été. Mon père le voyait comme un incapable, trop impulsif, alors que lui était plutôt un stratège. Il faisait avec, car il savait que tôt ou tard c'est lui qui lui succéderait.

— Pas ton demi-frère ?

Je secoue la tête en repensant à lui.

— Non, comme je te l'ai dit, papa avait beau être la pire des crapules, il avait quelques principes qu'un lord anglais du 18e siècle ne renierait pas. Les héritiers sont les hommes, et uniquement ceux issus d'un mariage, et portant le nom.

— Quelle chance que tu aies été une fille, grommelle Ted dans sa barbe.

— Une fille qui a eu un fils, lui rappelé-je.

Ted arque un sourcil étonné.

— Tu veux dire qu'il pensait faire de Vadim son héritier ?

— Oui, et même si ce n'est qu'un bébé pour le moment, crois-moi, cette idée m'a valu un paquet de nuits blanches. Et pour ça, je suis reconnaissante envers celui qui l'a descendu.

Ted m'observe. Ses yeux bleus me sondent comme s'il cherchait à ne rater aucune de mes réactions. Et je comprends pourquoi, quand il me pose la question suivante :

— Sacha, est-ce que tu es responsable de la mort de ton père ?

— Non.

Nous nous affrontons du regard pendant quelques secondes, puis il se laisse choir dans le canapé. Il passe une main sur son visage et déclare :

— Donc si je résume bien, notre plus gros problème est de prouver à ton cousin qu'on n'a aucune idée d'où est l'argent qu'il te réclame. Il ne va pas demander à ce que tu rejoignes le bercail, puisque sinon ça signifierait que le petit Vadim est un risque pour lui.

— C'est ça. Mais en attendant, Vadim est sa

monnaie d'échange, car il sait que s'il menace mon fils, je serai prête à tout.

Ted hoche la tête, mais reste silencieux. Je le connais assez pour savoir que même s'il fixe le ciel par la fenêtre, il est loin de se préoccuper de la météo. Il cherche un plan. Cependant, on aura beau retourner le problème dans tous les sens, je ne vois qu'une solution. Alors, je l'énonce à haute voix :

— Il faut que je parle à Youri.

Ted sursaute et me regarde comme si j'avais perdu la tête.

— Je croyais qu'on s'était mis d'accord sur le fait que je serais ton intermédiaire, et qu'en aucun cas il ne fallait que tu le contactes directement.

— Oui, mais ça ne marchera jamais…

Il ne me laisse pas finir :

— Et c'est quoi, ton idée ? Le rencontrer et lui jurer sur la tête de ton fils que tu n'as pas volé 50 millions, mais uniquement 10 ? Je vois la scène d'ici, il va te taper sur l'épaule et rétorquer que si c'était seulement ça, il est prêt à passer l'éponge.

Il ricane.

— Pour quelqu'un qui a apparemment grandi dans ce milieu, je te trouve bien naïve.

Je le foudroie du regard. Je déteste le ton condescendant qu'il a pris.

— Si tu as une meilleure idée, je t'en prie, expose-la, m'agacé-je.

Il se relève d'un bond, et s'approche de moi jusqu'à n'être plus qu'à quelques centimètres.

Il sent terriblement bon. C'est la remarque stupide qui me trotte dans la tête, alors que ce n'est vraiment pas le moment de songer à ça. Moi qui pensais que ces trois années passées loin l'un de l'autre m'aideraient à garder la tête froide… Je me disais qu'il nous faudrait affronter en premier nos problèmes, avant d'imaginer quoi que ce soit d'autre. Mais à l'instant même où il a posé son regard sur moi l'autre soir, quelque chose s'est produit en moi. C'est comme s'il me manquait encore plus que lorsque j'étais en Russie. Le savoir si proche, tout en n'ayant pas le droit de le toucher, c'est de la torture pure et simple.

Il a l'air furieux, et pourtant il y a cette toute petite seconde. Celle qui ravive l'espoir au fond de mon cœur. Ce minuscule instant où son regard bleu se pose sur mes lèvres avant de se raviser. À la place, il crache :

— Oui, j'ai une idée. Je pourrais te laisser te dépatouiller toute seule avec tes problèmes, qui ne me concernent en rien.

Douche froide. Finalement, j'ai dû rêver. Je n'arrive pas à croire qu'au bout de trois jours, on en est toujours à ressasser la même rengaine.

— C'est ton fils, Ted.

— C'est toi qui le dis.

— Où est ton test de paternité ? J'imaginais que tu voulais en faire un à la première heure.

Un muscle tressaute dans sa mâchoire, et il recule.

— Pourquoi ton père n'a pas exigé que tu le rembourses ?

Je soupire.

— On s'en fiche, essayer de comprendre les états d'âme de mon père ne va pas changer grand-chose au problème, non ?

Ma réaction ne fait que l'agacer davantage, mais moi aussi je suis à bout. J'ai l'impression qu'on perd du temps, qu'on tourne en rond.

— Alexandra, je ne peux pas trouver une solution si je n'ai pas toutes les cartes en main. Je suis prêt à t'aider, mais à une seule condition : que tu répondes à toutes mes questions, même quand elles te semblent inutiles.

Je sens que c'est un ultimatum, le fait même qu'il ait utilisé mon prénom en entier le prouve. Alors, je me résigne et réplique :

— OK.

— Quand ton père est venu te chercher il y a trois ans, tu ne savais pas que tu étais enceinte de Vadim, si j'ai bien compris. Donc aucun moyen pour lui de savoir qu'un héritier était en route. Alors qu'est-ce qui l'a motivé à venir te retrouver si ce n'était pas l'argent ?

— Un concours de circonstances. Comme je te l'ai dit, c'est mon demi-frère qui m'a rencontrée. Je suppose que même s'il se souciait peu de mon sort, mon père ne pouvait pas faire comme s'il n'était pas au courant. Ça l'aurait affaibli face à ses hommes.

Ted acquiesce et ajoute :

— Et pour ton demi-frère, c'était un moyen de bien se faire voir.

— Voilà.

— Est-ce que lui aurait pu voler l'argent ?

— Mon frère ? Aucune chance. Papa ne lui faisait

pas du tout confiance, je crois qu'il préférait encore Youri.

— Quelle jolie famille vous faites, marmonne-t-il.

— N'est-ce pas ? Pour autant, je ne suis pas certaine d'être du même avis que lui.

— Ah oui ?

— Je ne dis pas qu'Arkady était un saint, et c'est tout de même lui qui m'a vendue, mais jamais il ne s'en serait pris à moi, ou à mon fils directement. Tandis que Youri…

Ted blêmit légèrement, parce que je viens de lui annoncer que Youri serait capable du pire, même sur un enfant ? Son enfant ? Mais sa question suivante est pour le moins déconcertante :

— Comment tu as dit que ton frère s'appelait ?

— Arkady, pourquoi ?

Il écarquille les yeux, je poursuis :

— Arkady Ouchkine ? Tu connais son nom ?

16

TED

Sasha me dévisage et attend une réponse. J'ai besoin d'un instant pour réfléchir.

Elle a beau m'avoir dit qu'elle n'était pas proche de son frère — son demi-frère, pour être précis — j'ignore comment elle prendrait la nouvelle, si je lui annonçais de but en blanc que je suis responsable de sa mort.

Techniquement, la mort d'Arkady n'est pas directement liée à une balle que j'ai tirée (bien que je ne me sois pas abstenu de le faire), mais plutôt la conséquence d'une opération dont j'ai fait partie. Pire que ça, la plupart des hommes étaient sous mon commandement. Et les protagonistes : Ken, Élodie, Jimmy, Tiffany, Andrea, Madison, sont non seulement des membres de *Riviera Security,* mais également des gens que je considère comme faisant partie de ma propre famille.

Je hoche la tête lentement.

— Tu connaissais Arkady ! s'écrie-t-elle.

— Nos routes se sont croisées, avoué-je.

Comprenant que ça ne va pas suffire à satisfaire sa curiosité, j'élabore un peu plus :

— Arkady faisait partie de la pègre locale depuis des années, j'ai eu affaire à lui dans le cadre d'un dossier délicat concernant des jeunes femmes qui avaient disparu.

— Tu parles de Madison, c'est ça ?

— Oui, comment es-tu au courant ?

— Andrea en a parlé brièvement. Je me suis dit que c'était peut-être la même affaire. Il s'était installé ici ?

— Pas à Monaco, mais à Cannes, tu ne le savais pas ?

— Non.

Sasha paraît pensive.

— Tu vois, je m'étais toujours imaginé qu'il m'avait retrouvée au terme de recherches acharnées, histoire de se faire bien voir par notre père, et qu'il me mentait lorsqu'il racontait qu'il m'avait croisée par hasard dans Cannes. Maintenant, je me demande si je ne me suis pas trompée. S'il était dans le coin, Cannes est assez petit pour que ce soit arrivé comme il l'a dit.

— Ça change quelque chose ?

— Peut-être… je n'en sais rien.

— Moi je dirais que non, car dans un cas comme dans l'autre, il t'a livrée à ton père.

Elle ne répond rien à ça et moi, j'hésite. Pourquoi attendre pour le lui dire ? Je suis sur le point de lui expliquer que c'était son frère qui avait enlevé Madison et Tiffany. Et que malheureusement sa mort était inévitable.

— Il faut que je parle à Youri, affirme-t-elle.

— J'ai bien compris que c'était ce que tu voulais faire, mais tu n'as toujours pas répondu à ma question. Tu vas lui dire quoi lorsque tu l'auras en face de toi ?

— Je pensais lui promettre que je ne parlerai jamais de son grand-père à Vadim, et que mon fils ne viendrait jamais revendiquer une quelconque place au sein de la famille.

Sasha fait des guillemets avec ses doigts autour du mot famille.

— Et tu crois qu'une promesse de le laisser devenir le seul de la ligne de succession, ça va suffire à lui faire renoncer à l'argent que ton père leur a fauché ?

— La seule façon de savoir, c'est de tenter le coup, tu ne crois pas ?

Je hausse les épaules.

— Je suppose que tu n'as rien à perdre à essayer de tenter le coup, mais il faut un plan B dans l'hypothèse où il refuse de se contenter de tes belles promesses.

Sasha me regarde, les yeux pleins d'espoir.

Je n'arrive pas à décider si la confiance qu'elle semble me porter est un compliment ou une insulte. D'un côté c'est flatteur d'imaginer qu'elle me voit plus grand que nature, et espère que par un tour de passe-passe, je vais sortir une solution miracle de mon chapeau. Mais, d'un autre côté, ça m'exaspère parce que ça peut aussi signifier qu'elle me prend pour le dernier des crétins. Un crétin qu'elle a pu quitter du jour au lendemain, sans un mot d'explication, et qui lui serait demeuré tout aussi dévoué.

Mais j'ai beau penser qu'elle se paie ma tête, je ne peux m'empêcher de chercher une solution.

Je ne le fais pas pour elle, je le fais pour le gamin.

Peu importe que Vadim soit mon fils ou non, aucun gosse ne mérite une éducation au sein de la pègre russe, et ce d'autant plus qu'avec son titre d'héritier du trône, il a une cible sur son dos.

Tout ça parce que son grand-père et sa mère n'ont pas résisté à la tentation de détourner quelques millions.

Et si…

— Tu te souviens encore des numéros de comptes et des codes ? lui demandé-je.

— Les numéros ne suffisent pas, rétorque-t-elle. Il faut encore trouver le moyen d'accéder à la bonne page sur le site de la banque, et ça n'est possible qu'à certaines conditions techniques que…

Je l'interromps sans dissimuler mon impatience.

— Mais si on te mettait face à un ordinateur qui permet d'accéder à cette page, tu pourrais te rappeler de ces numéros ?

— Bien sûr.

— Tu peux me les mettre par écrit ?

C'est le moment de vérité. Sasha me fait-elle véritablement confiance ?

Si oui, elle doit accepter de me les donner sans l'ombre d'une hésitation.

C'est le cas.

— Tu as un bloc-notes et un stylo ? me répond-elle spontanément.

Pendant que je vais chercher de quoi écrire dans un tiroir, elle ajoute :

— Ne sois pas étonné s'ils ne fonctionnent pas, me dit-elle. Les codes que j'ai sont vieux. Il est plus que probable qu'ils aient été changés depuis.

— Je n'en suis pas si sûr, car si ton père a gardé pour lui ce que tu avais fait, ce qui aurait supposé qu'il dise à tous que tu avais les codes, personne n'avait de raison de modifier quoi que ce soit.

Plus j'y pense, plus je me dis que ces informations sont peut-être encore utiles. Si certains établissements bancaires insistent périodiquement pour nous obliger à modifier nos codes, c'est bien que la force d'inertie est toujours la plus forte. Il n'y a que contraints et forcés que nous modifions nos mots de passe.

Sasha pose un ensemble de chiffres et de lettres sur le papier. Lorsqu'elle a fini de remplir deux pages entières, elle fait une moue dubitative. Mais avant qu'elle puisse partager avec moi la raison de ses doutes, nous sommes interrompus par l'arrivée de Vadim suivi de près par Nathan.

— Maman, maman, regarde, s'exclame-t-il en levant vers elle une énorme peluche verte en forme d'animal préhistorique probablement offerte par Nathan.

— Tu as dit merci à Nathan ? demande Sasha.

— Oui ! répond le petit garçon avec une mine offensée.

— Je confirme, déclare Nathan. Notre Vadim est un véritable gentleman, ses manières sont impeccables.

La fierté se lit dans les yeux de l'enfant, lorsque sa mère s'accroupit devant lui pour le prendre dans ses bras.

Pendant que Vadim raconte, dans un langage pas toujours compréhensible, tout ce qu'il a fait avec Nathan, celui-ci s'approche de moi pour me dire à voix basse :

— J'ai mis une puce dans la peluche et j'en ai placé une autre dans le sac à dos du petit. Cette nuit, je pense qu'on devrait en coller quelques-unes dans ses talons de chaussures, et dans ses vêtements.

Devant mon froncement de sourcils, Nathan s'explique :

— Je ne dis pas qu'elle va à nouveau te fausser compagnie, mais j'ai pensé que si jamais l'envie lui en prenait, tu voudrais sans doute garder la possibilité de garder un œil sur ton fils, même à distance.

J'ouvre la bouche pour protester que ma paternité reste à confirmer quand Nathan ajoute :

— Le test de paternité est en court, on aura les résultats dans trois jours.

Là encore, je m'étonne de sa prise d'initiative. Mais c'est certainement ce que j'aurais fini par faire, non ? Silencieusement, je hoche la tête et observe Sasha.

Elle s'est assise par terre et murmure des mots doux

en russe à son fils… notre fils ? Compte tenu de son âge, j'ai envie de le croire, mais qui sait ?

J'ai été si naïf dans cette histoire, que je ne peux en aucun cas exclure qu'avant de disparaître, cette femme, ma femme, n'avait pas rencontré quelqu'un d'autre.

Reste maintenant à organiser une nouvelle rencontre avec Youri.

17

SASHA

Je pensais que Nathan allait partir, mais Ted lui demande :

— Je sais qu'on a déjà pas mal abusé de ton temps, mais j'aurais un autre service à te demander.

Le geek lui répond :

— Aucun souci, boss, je ne repars pas à Saint-Trop avant deux jours, et on s'est plutôt amusés, avec le petit bonhomme. Donc si vous avez encore besoin d'un baby-sitter ce soir, ça peut s'arranger. Mai Lan fait une sortie entre filles avec Angel, Tiff et Mad, alors autant dire que si je dois passer la mienne devant la télé, je peux le faire en le surveillant. Vous pensez qu'il est trop jeune pour regarder Jurassic Park ?

— Oui, réponds-je immédiatement.

Nathan fait la moue.

— Je suppose que ça exclut aussi Godzilla ?

— Il a deux ans et demi, Nathan.

— L'âge de glace ? propose-t-il dépité.

— Tu peux essayer, mais je ne suis pas certaine qu'il tienne tout ce temps assis sur un canapé.

— De toute manière, ce n'est pas pour faire de la garde d'enfants que nous avons besoin de toi, intervient Ted. Plutôt pour tes véritables compétences professionnelles.

Nous observons tous deux le patron avec intérêt. Qu'est-ce que Ted a en tête ?

C'est à moi qu'il s'adresse ensuite :

— S'il y a quelqu'un qui peut nous aider, c'est Nathan.

Il ne poursuit pas. Je comprends ce que ce silence signifie. Il attend mon autorisation. Je ne suis pas une cliente de *Riviera Security*. Malgré ce que Ted a dit à Youri, je n'ai pas engagé l'entreprise pour défendre mes intérêts. Alors c'est à moi de décider si je souhaite que Ted continue de m'aider, et surtout si j'accepte qu'il communique des informations à son équipe.

Dans ma tête, à partir du moment où je l'ai contacté, je lui donnais carte blanche. Malgré notre séparation de trois ans, il a toujours été la seule personne au monde à qui je confierais ma vie les yeux fermés. Alors oui, il tombe sous le sens que je suis d'accord pour qu'il mette tout en œuvre pour résoudre ce problème. Mais je comprends que dans sa tête à lui, c'est différent. Premièrement, parce qu'il se méfie toujours de moi, deuxièmement parce qu'il est… Ted Carter.

Il n'est pas le genre de mec qui va penser que sous

prétexte que c'est lui le chef, ou l'homme, il doit prendre toutes les décisions. Tout le temps qu'a duré notre relation, je me suis toujours sentie sur un pied d'égalité avec lui. Alors, qu'il me consulte pour une affaire, d'autant plus quand elle me concerne, c'est normal, pour lui. Il faut que je lui donne mon feu vert pour qu'ensuite il puisse donner des ordres. Il n'hésitera pas à prendre les choses en main, ni même à prendre des décisions difficiles avec lesquelles je ne serai pas toujours OK. Mais il lui faut cette autorisation, que je lui donne la confirmation que je place mon sort entre ses mains. Qu'à partir de maintenant, c'est lui qui mène la danse.

Alors je hoche la tête, puis ajoute :

— C'est OK, explique-lui.

Ted briefe Nathan. Pendant ce temps, j'en profite pour installer Vadim avec quelques jouets. Je vais également dans la cuisine pour lui préparer quelque chose à manger.

J'ai eu la surprise, pendant qu'il était à Cannes, de voir débarquer une employée les bras chargés de provision. Les placards de Ted ont été remplis d'aliments qu'ils n'ont jamais dû connaître, même du temps où je vivais ici. Il n'a jamais été du genre à dévorer des céréales en forme de nounours au petit-déjeuner. Surtout lui, qui est plutôt du style à faire attention à son alimentation. Même s'il est gourmand, on n'entretient pas un tel corps avec de la malbouffe. Et quel corps… malgré ses vêtements, j'ai pu constater qu'il ne s'était pas laissé aller, bien au contraire.

Je me demande un instant ce qu'il penserait du mien. Une femme change après avoir eu un enfant. Je suis toujours fière de mon corps, les imperfections que j'ai gagnées sont les marques du plus beau de mes combats. Mes vergetures, la cicatrice de ma césarienne, j'ai appris à les chérir. Mais qu'en penserait-il, lui ?

Je secoue la tête. Ce n'est pas le moment de songer à ça. J'ai toujours pensé que le jour où je retrouverais ma liberté, la première chose que je ferais, ce serait d'aller le retrouver. Mais je l'avoue, au moment où j'ai compris que la mort de mon père ouvrait ma cage, j'ai eu la trouille.

Je n'avais aucune idée de ce que j'allais trouver en arrivant, et ce n'est pas comme si je débarquais les mains vides. Il fallait que je lui explique pourquoi j'étais partie, mais que je lui apprenne en plus qu'il avait un fils. Mais ce qui me terrorisait par-dessus tout, c'était de débarquer à Monaco et de découvrir qu'il m'avait remplacée.

Je me doute bien qu'une fois l'incompréhension de mon départ passée, il n'a pas dû vivre sa vie comme un moine. Mais a-t-il eu une autre relation ? A-t-il quelqu'un dans sa vie actuellement ? Il n'en a pas parlé, et je n'ai rien entendu de la part de ses amis, mais sont-ils seulement au courant ?

Cet après-midi, lorsqu'il est parti à Cannes et que Vadim était avec Nathan, j'ai été tentée de faire quelques investigations. J'ai ouvert la porte de sa chambre. Mais je n'ai pas pu aller plus loin. J'étais consciente qu'en franchir le seuil, même si à une époque c'était également chez moi, c'était violer son intimité. Et j'avais trop peur de découvrir quelque chose qui m'aurait anéantie.

Pendant les années que j'ai passées loin d'ici, j'ai été tentée plus d'une fois de faire des recherches. J'ai quelques connaissances en espionnage grâce aux années que j'ai passées *chez Riviera Security*, j'aurais pu essayer de le voir sur une caméra de sécurité, payer un détective pour qu'il me ramène quelques clichés. Mais j'avais conscience que c'était un gros risque. Pour moi, pour lui, pour Vadim. Le simple fait de satisfaire ma curiosité pouvait nous mettre dans une situation compliquée.

Alors j'ai refermé la porte, comme je l'ai fait depuis trois ans. J'ai juste pu constater qu'il dort toujours du même côté, et que l'autre table de chevet était vide. Enfin, il y avait bien un cadre, mais celui-ci était tourné face contre le bois.

Perdue dans mes pensées, je n'ai pas vu Ted s'approcher. Il regarde l'assiette que je suis en train de préparer. Alors j'explique :

— C'est pour Vadim.

Il hoche la tête, puis déclare :

— Nathan va essayer de se connecter au serveur de la banque. Ce sera plus pratique depuis le bureau, surtout si on ne veut pas laisser de traces. Je suppose que tu veux venir avec nous ? Vadim peut manger en bas.

— OK.

Je m'apprête à appeler mon fils pour lui expliquer. Mais à mon grand étonnement, Ted prend l'assiette sur le comptoir, et part dans sa direction. Il l'interpelle, puis lui parle en russe :

— Tu viens, Vadim ? Maman t'a préparé un bon sandwich, ça te dirait qu'on aille le manger dans mon bureau ?

Mon petit garçon se lève. Il n'y a rien de surprenant, il n'est jamais le dernier lorsqu'il s'agit de manger. Ce qui l'est plus par contre, c'est qu'il tend sa petite main pour que son père l'attrape. Et celui-ci ne s'en contente pas. Il s'accroupit et d'un geste souple, il saisit notre fils et le cale contre son épaule, le bras sous ses fesses, avant de se relever.

Deux paires d'yeux identiques me dévisagent ensuite.

— Tu viens, maman ? demande Ted, un léger sourire au bord des lèvres.

Quelque chose dans mon cœur fond.

Littéralement.

18

TED

Dans l'ascenseur, Vadim lève le bras. C'est grâce à Nathan que je comprends ce qu'il tente de faire :

— Tu y es presque, s'exclame-t-il.

Je hausse le bras sur lequel j'ai assis le petit garçon jusqu'à ce que celui-ci touche le plafond de la cabine en poussant des cris de joie.

— Maman, maman, regarde !

— Oh, la, la ! dit-elle en examinant avec un air faussement suspicieux le contenu de l'assiette qu'elle lui a préparée. Je crois qu'il doit y avoir quelque chose dans la nourriture française, il grandit beaucoup trop vite.

Il rit encore plus fort et proteste :

— Mais non, c'est Ted. Il est grand !

— Dommage, dit Nathan. Parce qu'il avait l'air bien appétissant, ce sandwich.

Le gamin en prend un bout qu'il lui tend. Sa générosité spontanée fait craquer Nathan. J'avoue qu'elle m'attendrit aussi.

— T'inquiète, je vais lui en faire un à lui aussi, lui dit Sasha alors que nous arrivons à l'étage des bureaux.

Satisfait par cette réponse, il s'installe à un bout de la table de la salle de conférence pour dîner, pendant que Sasha et Nathan prennent possession de la partie centrale devant l'un des ordinateurs.

L'air pensif, Nathan contemple les codes que Sasha a notés sur le papier, pendant qu'elle lui explique plus en détails ce dont elle se souvient à propos de l'interface utilisée par son père pour procéder à ses opérations bancaires.

Pendant ce temps-là, je surveille le petit.

Enfin, façon de parler.

En réalité, je me contente de le regarder manger le sandwich que sa mère a découpé et décoré de façon à composer un drôle d'oiseau. Les olives noires qui figurent les yeux sont écartées sans pitié, mais pas la carotte ciselée qui lui sert de bec ni le bout de tomate qui tient lieu de fanon.

Vadim mange avec appétit et ne semble pas avoir besoin d'attention particulière.

C'est parfait.

— Il va me falloir plusieurs jours de travail, mais j'ai quelques idées, déclare Nathan lorsque Sasha a fini sa présentation.

Il tourne les yeux vers moi et m'interroge :

— Tu veux ça pour quand ? Hier ou avant-hier ?

— La semaine dernière, lui dis-je.

— Compris, mais…

Nathan fronce les sourcils et hésite.

— Il va falloir que tu retournes à Saint-Trop, c'est ça ?

Nathan hoche la tête et Sasha s'étonne.

— Pourquoi ? Tu n'as pas tout le matériel qu'il te faut ici ?

— J'irai plus vite depuis chez moi, explique-t-il. À la maison j'ai un équipement… différent.

Ce qu'il veut dire, c'est qu'il s'est construit un centre d'opérations qui lui permet d'accéder jusqu'à des coins de la toile qui ne sont pas fréquentés par les gens honnêtes, et qu'il ne veut pas compromettre les installations de l'agence.

— Ça marche, lui dis-je. On te garde tout de même pour la soirée, je pense que nous allons ressortir.

— Pour voir Youri ? me demande Sasha à voix basse.

Pas assez basse puisque Vadim lève brusquement la tête, et regarde autour de lui, inquiet :

— Youri ? répète-t-il en fronçant les sourcils.

— Ne t'inquiète pas, lui répond Sasha d'un ton rassurant. Il n'est pas là. Il n'y a que Ted, Nathan et moi. Il ne va pas t'embêter.

Le gosse grommelle quelque chose d'incompréhensible.

— C'est promis, insiste Sasha avec un grand sourire. Et maintenant on va retourner à la maison pour que tu choisisses ton dessert. Il y a ces yaourts avec des fruits, tu sais…

Alors qu'elle le conduit jusqu'à l'ascenseur, et fait disparaître ses inquiétudes en lui faisant miroiter je ne sais quelle sucrerie, trois de ses mots me troublent plus qu'ils ne le devraient : *à la maison.*

Dès que les portes de l'ascenseur se referment sur eux, je sors mon portable et la carte que Youri m'a donnée.

L'homme me répond à la première sonnerie.

— Ma cliente souhaiterait vous rencontrer, lui dis-je.

— Votre timing est parfait, me répond-il. Je suis disponible.

— Je propose que…

Il ne me laisse pas terminer ma phrase.

— Devant chez vous, dans deux minutes.

Il raccroche avant que j'aie le temps de lui répondre. Deux pas et je suis à la fenêtre.

Youri est appuyé sur une grosse berline aux vitres fumées. Il a encore son téléphone à la main. Je balaie la rue du regard. Personne d'autre.

Ça ne veut rien dire, il pourrait avoir trois malabars cachés dans le véhicule et tenter d'enlever Sasha.

Le temps de grimper les étages et je retrouve Sasha en train de préparer à Nathan le sandwich qu'elle lui a promis. Pas d'oiseau bizarre pour lui, mais la créativité est encore là : lorsque je la rejoins dans la cuisine, elle a découpé son sandwich en triangle et réarrange les morceaux de façon à dessiner une maison.

— Pour les fenêtres et la cheminée, il faudra qu'il revienne, lui dis-je.

Elle lève les yeux vers moi et comprend que je ne plaisante pas.

— Tu as eu Youri ? demande-t-elle.

— Il est en bas dans la rue.

— Mais comment…

— Je me suis présenté et l'agence est dans l'annuaire.

— Alors il sait que nous sommes ici ?

Je secoue la tête.

— Non, il bluffe.

— Tu crois ?

— Ce type n'est pas bête, il a compris que tu t'étais tournée vers moi pour assurer ta sécurité, et il a trouvé un moyen intelligent de savoir si tu es ici, ou planquée ailleurs…

Sasha termine ma phrase :

— C'est de nous proposer de nous rencontrer devant l'immeuble sans préavis.

— Voilà.

— Qu'en penses-tu ? me demande-t-elle les yeux fixés sur l'assiette de Nathan.

— Je n'ai pas changé d'avis, je ne vois pas d'intérêt à votre rencontre, mais si ça doit se faire, je préférerais que ce soit en un lieu que j'aurai moi-même choisi et avec une équipe prête à intervenir.

— Tu proposes quoi, alors ?

— De descendre seul pour lui expliquer qu'il me faut plus que cinq minutes pour te faire venir jusqu'ici.

— Et tu penses qu'il va te croire ?

Je hausse les épaules pour lui signifier mon ignorance. Youri est loin d'être stupide.

Sa présence ici, et la façon qu'il a eu de tenter de nous forcer la main démontre qu'il est plutôt habile. Si j'étais à sa place, j'aurais des mecs planqués devant chacune des sorties de l'immeuble, histoire de contrôler les entrées et les sorties. Je ferais aussi des pieds et des mains pour voir si je ne connais pas quelqu'un qui vit dans l'immeuble et qui serait susceptible de me laisser entrer. Ça ne suffirait pas pour arriver jusqu'à mes étages, mais ça, il n'a aucun moyen de le savoir.

— Moi, je pense que ce ne serait que reculer pour mieux sauter, un jour ou l'autre il va bien falloir que je lui parle, alors autant le faire tout de suite.

Je fronce les sourcils, car je ne comprends pas ce qu'elle espère de cet échange.

— J'ai besoin de savoir ce qu'il veut.

— Oh, il a été très clair là-dessus, c'est soixante-quinze millions.

— Oui, tu me l'as déjà dit, mais je crains que l'argent ne soit pas la seule raison de sa présence.

— Tu penses qu'il est assez tordu pour s'en prendre à Vadim ?

— C'est pour ça que je veux lui parler. Si j'arrive à le convaincre qu'il n'entendra plus jamais parler de nous, alors peut-être comprendra-t-il que la dernière chose que je souhaite, c'est de voir un jour Vadim revendiquer la place de son grand-père.

Tel que je l'imagine, Youri ne souhaitera pas prendre un risque quelconque.

C'est le genre de type à aimer les certitudes.

Et la seule façon de s'assurer que le petit ne viendra jamais remettre en cause sa place d'héritier légitime du trône, c'est de le supprimer.

19

SASHA

Je suis consciente que Ted n'est pas emballé par mon idée, mais étant donné que j'ai réfuté ses arguments, il n'insiste pas plus.

Il fait un signe à Nathan qui comprend immédiatement, il sait que la mission de baby-sitting vient de lui être à nouveau octroyée. Ce garçon est vraiment un ange. Il faudra que je trouve un moyen de le remercier.

Mais avant de rejoindre Youri, Ted me demande de le suivre. Il entre dans sa chambre, celle-là même dont je n'osais pas franchir le seuil il y a quelques heures. Comme il doit sentir mon hésitation, il balance par-dessus son épaule :

— Je préfère faire ça ici, sans que Vadim ne nous voie.

Mais de quoi parle-t-il ?

Il ouvre le dressing, et s'approche d'une porte métallique qui se trouve à l'intérieur. Il s'agit d'un coffre-fort. Je commence à avoir une petite idée de ce qu'il a en tête.

Par correction, je détourne les yeux pendant qu'il compose le code. La seconde suivante, il me tend un objet.

— Je ne pense pas que Youri soit assez stupide pour faire feu dans une rue de Monaco, mais on ne sait jamais.

J'attrape l'arme avec précaution. Sa forme, son poids me sont familiers. C'est normal, puisque c'était la mienne. Surprise, je relève les yeux vers Ted, mais il ne laisse rien paraître et glisse un chargeur dans la poche de son jean.

— Je suppose que tu sais toujours t'en servir ?

Je hoche la tête, même si je me suis tenue à l'écart de ce genre d'instruments ces dernières années. Je ne souhaite pas que mon fils pense qu'il est normal de se balader avec un revolver à la ceinture, ce qui est plutôt ironique quand on songe au milieu dans lequel il est né.

Moi-même, j'ai été initiée dès mon plus jeune âge. Quand on est la fille d'un parrain de la Bratva, les cours de tir remplacent les virées shopping avec les copines. À l'époque où j'ai rencontré Ted, au Moyen-Orient, il m'a emmenée tirer sur des cibles un après-midi. L'option ciné et restaurant n'étant pas disponible sur le théâtre des opérations, c'était ce qui se rapprochait le plus d'un rendez-vous normal. Ted, persuadé que je n'avais qu'une connaissance très limitée des armes, s'était improvisé instructeur. Même sans vouloir cacher la vérité, j'aurais été une idiote de ne pas profiter de l'occasion pour entendre sa voix grave me détailler avec calme comment charger et décharger mon revolver. Je l'ai laissé se glisser dans mon dos pour m'aider à rectifier ma position, et m'expliquer de faire attention au recul, puis j'ai savouré sa stupéfaction quand j'ai atteint la cible en plein dans le mille, dès le premier coup. Après plusieurs tirs réussis, il m'a demandé où j'avais appris à manier une arme comme ça. J'ai ressenti cette petite pointe de culpabilité comme à chaque fois que je lui mentais. J'ai inventé une histoire comme quoi l'ONG pour laquelle je travaillais n'avait pas voulu nous envoyer sur le terrain sans quelques connaissances basiques, et que le reste était de la chance. Il n'a pas paru à 100 % convaincu, du coup j'ai fait en sorte de rater quelques coups pour ne pas griller ma couverture. Et comme les rendez-vous au stand de tir sont devenus une habitude, j'ai juste eu à feindre des progrès rapides par la suite.

Avant de quitter l'appartement, j'embrasse Vadim et lui promets d'être de retour pour lui souhaiter bonne nuit. Il ne prête qu'une attention très distraite à mes mots, calé contre Nathan sur le canapé, les yeux rivés sur un dessin animé.

Je rejoins Ted devant l'ascenseur. Au moment d'en franchir les portes, il pose sa main dans le bas de mon dos pour m'inviter à avancer. Je ne sais pas si son geste est calculé pour m'apporter un peu de réconfort, ou s'il s'agit d'un réflexe, mais le contact de sa paume me fait un bien fou. Dire que je suis nerveuse avant de revoir

Youri est un euphémisme, j'ai besoin de tout le réconfort qu'il pourra me donner.

Dans la cage de métal, je me retourne et fais face à Ted. Il a l'air si calme. Je me demande s'il l'est vraiment. Cela ne m'étonnerait pas qu'il donne le change pour me rassurer. Même s'il a des dizaines de bonnes raisons de m'en vouloir, il en serait capable. Il m'a toujours fait l'effet d'un roc en pleine tempête, il est inébranlable.

Nous nous affrontons du regard, et même si ce n'est ni le moment ni l'endroit, mon traître de cœur a un sursaut. Ted avance sa main, et serre doucement mon bras.

— Tout va bien se passer. Je suis là.

Je n'ai pas le temps de lui répondre, car le « ding » annonciateur de notre arrivée se fait entendre. Nous quittons le cocon rassurant de l'immeuble pour rejoindre Youri sur le trottoir.

Je suis étonnée que Ted ne lui ait pas proposé de monter dans les bureaux de *Riviera Security*, mais je comprends aussi. Même si la nuit est tombée et que la rue est déserte, Youri ne prendra pas le risque de nous agresser. La Principauté est un des endroits les plus surveillés au monde. S'il se passait quoi que ce soit, il se ferait arrêter avant d'avoir le temps de quitter Monaco.

Quand il m'aperçoit, mon cousin a un sourire presque carnassier.

— Sasha ! s'exclame-t-il en ouvrant les bras.

Quand je lui refuse l'accolade qu'il demande, il fait mine de s'étonner :

— Tu n'es pas heureuse de me revoir ?

— La joie est un sentiment que j'ai rarement ressenti en ta présence, Youri.

Il fait semblant d'être blessé, puis s'adresse à Ted :

— Je constate que vous avez retrouvé facilement votre *cliente*.

Son insistance sur ce dernier mot me fait remonter la bile au fond de la gorge. Je suis certaine qu'il sait pour Ted et moi. Mais depuis quand ? Aucune idée.

— Alexandra souhaitait vous parler, répond mon mari d'un ton calme.

— Je t'écoute, Sasha. J'espère que tu as de bonnes nouvelles pour moi.

— Je crains que non. Je n'ai pas l'argent que tu me réclames, Youri. Je ne sais pas ce qui t'a fait croire que j'étais en possession de cette somme, mais ça n'a jamais été le cas. J'ignore où est l'argent.

Youri fait claquer sa langue et secoue la tête.

— Sasha, Sasha. Tu as toujours été une piètre menteuse. Mais ça ne m'étonne pas. Ton père n'était pas beaucoup plus fort à ce jeu-là. J'espère que ton fils a plutôt hérité de son père, dit-il en se tournant vers Ted. Il a déjà vos yeux, en tous cas.

À côté de moi, je sens Ted se tendre. Est-ce à cause de Youri ? De l'insinuation qu'il fait au sujet de la paternité de Vadim ? Ou bien de la menace à peine voilée que comporte sa remarque ?

— Tu dois me croire, Youri, je n'ai pas volé cinquante millions…

— Je sais, me coupe mon cousin.

Son sourire a disparu. Je poursuis :

— Je n'ai aucune idée de l'endroit où se trouve cet argent. Je ne veux pas le savoir. Je ne veux plus avoir de liens avec cette vie-là. Je suis prête à te rembourser les dix millions, avec les intérêts. Mais je ne peux pas faire mieux. Je souhaite élever Vadim loin de tout ça. Il ne connaîtra jamais rien de toutes ces affaires, ou de cet empire qui aurait pu être le sien. Tu en es le seul hériter, jamais nous ne contesterons ça.

Il s'approche d'un pas, il n'est plus qu'à quelques centimètres de moi. Du coin de l'œil, je vois la main de Ted se porter à son arme. Et Youri n'est pas dupe.

Il s'apprête à parler, mais nous sommes interrompus par un van noir qui sort du parking. Je doute que ses occupants nous entendent, mais toutefois mon cousin le suit des yeux et attend qu'il se soit éloigné pour poursuivre :

— Je sais que tu n'as volé qu'une dizaine de millions, Sasha. Le reste, c'est ton cher papa qui s'en est chargé. Mais tu vois, chez nous, on ne prend pas à la légère les soucis d'héritage. Tu ne veux plus faire partie de cette famille, j'en suis le premier ravi. Mais tu ne peux pas partir en transférant cette dette. Je ne suis pas prêt à l'endosser à ta place. Alors retrouve cet argent, et donne-le-moi. Ensuite, je promets que je te laisserai tranquille.

— Mais je n'ai pas…

— Tu trouveras une façon, Sasha. Une fille comme toi, si débrouillarde. Et je me suis assuré que tu aies un moyen d'être très motivée dans ta quête.

Alors que j'essaye de comprendre le sens de cette remarque, Ted est plus rapide que moi.

— Putain ! L'enfoiré ! hurle-t-il en attrapant ma main et me tirant vers le hall de l'immeuble.

Avant que je n'aie eu le temps de saisir ce qui lui prend, nous sommes dans l'ascenseur, Ted appose son empreinte pour déverrouiller le système, et sélectionne l'étage de l'appartement, son téléphone collé à l'oreille. Bien entendu, vu là où nous nous trouvons, la communication ne passe pas, et il lâche une bordée de jurons.

— Ted, qu'est-ce qu'il se passe ?

— Sors ton arme !

L'angoisse me submerge au moment où je percute.

— Vadim !

Les portes s'ouvrent sur l'appartement et nous nous précipitons tous les deux dans le salon, arme au poing.

La scène qui nous fait face me glace le sang. Nathan est allongé face contre terre, inerte. En fond sonore, la musique du dessin animé retentit. Mais il n'y a aucun enfant pour le regarder, mon fils a disparu.

20

TED

Quelques secondes après le départ du van, j'ai compris. Les dernières phrases de Youri ont confirmé ce que je soupçonnais.

Sur le moment, j'ai voulu buter ce connard, puis la raison a pris le dessus.

Si Youri devait disparaître, qui sait par qui il serait remplacé. Les psychopathes ne manquent pas dans le milieu du crime, alors mieux vaut continuer de négocier avec un malade qu'on connaît, ce sera plus simple que de repartir à zéro avec je ne sais quel nouveau cinglé.

— Vadim ! hurle Sasha en courant à travers l'appartement son arme à la main.

Je ne tente même pas de la retenir.

Je connais par cœur les cinq étapes du deuil. Je les ai traversées quand elle m'a quitté : le déni, la colère, le marchandage, la dépression et enfin l'acceptation. Je venais à peine de parvenir à la dernière étape lorsqu'elle est revenue dans ma vie avec son fils. Mais j'ai beau avoir connu cette descente aux enfers, je ne peux qu'imaginer ce qu'elle ressent. Si l'idée d'avoir perdu à jamais la femme qu'on aime est déchirante, elle ne se compare pas, je suppose, à celle de ne plus revoir son enfant.

Pendant que Sasha continue sa fouille en règle de la maison, allant jusqu'à ouvrir les portes des penderies dans lesquels Vadim aurait pu se cacher, je m'approche de Nathan.

Il respire régulièrement. Délicatement, je l'examine à la recherche d'une blessure. Rien dans le dos. Je le retourne. Toujours aucune trace de sang, mais un énorme hématome sur le haut d'une tempe. Il a été assommé.

Le fait qu'ils aient décidé de ne pas le supprimer me rassure un peu.

Je veux y voir un signe positif : Youri ne veut pas faire plus de vagues que nécessaire pour retrouver son argent.

Tout en me relevant pour aller chercher de quoi faire une poche de glace dans la cuisine, je sors mon téléphone de ma poche et appelle mon urgentiste préféré qui se trouve être aussi mon voisin.

— Olivier, c'est Ted, un de mes agents vient d'être agressé chez moi, il est inconscient. Une grosse ecchymose sur le front, aucune autre plaie apparente.

Sans se formaliser par mon manque de civilité, il répond :

— Je contacte une ambulance et je monte.

Il raccroche sans me laisser le temps de lui dire merci.

Je vide un plateau de glaçons dans un torchon que j'ai un peu humidifié et retourne près de Nathan.

— Il a Vadim ! hurle Sasha en revenant dans le salon au terme de son exploration.

Elle balaie la pièce du regard, comme pour vérifier que son fils n'est pas caché dans un coin, puis s'apprête à quitter l'appartement.

— Tu fais quoi ? Tu vas leur courir derrière ?

Elle stoppe dans son élan, prenant conscience de l'absurdité de la chose, puis explose :

— Je dois retrouver mon fils, Ted !

C'est le moment où je devrais la rassurer, peut-être la prendre dans mes bras pour lui dire que tout va bien se passer, mais je n'en ai pas le temps.

— Youri ne touchera pas à un cheveu de ton fils. Il est trop précieux pour lui. On va le retrouver, mais en attendant, on a plus urgent.

Elle s'agenouille à mes côtés auprès de Nathan.

— Il n'a pas encore repris connaissance, lui dis-je.

— Eh bien, on va remédier à ça, dit-elle en le giflant assez violemment.

J'attrape sa main avant qu'elle ne recommence.

Il ne lui a pas fallu longtemps pour passer du déni à la colère, mais il est hors de question qu'elle se défoule sur Nathan. Nous pensions tous qu'il devait juste faire du baby-sitting. Si nous avions imaginé une simple seconde qu'il s'agissait en réalité d'une mission de protection, nous nous y serions pris autrement.

— Ne t'en prends pas à lui ! lui dis-je. Le seul responsable de la situation, c'est moi !

Sasha secoue la tête.

Les larmes coulent de ses yeux, mais elle arrive encore à parler presque normalement.

— Je croyais qu'on était en sécurité ici.

— Moi aussi, avoué-je. Je pouvais imaginer qu'ils arrivent à pénétrer dans l'immeuble, après tout, il n'est pas impossible qu'ils y connaissent quelqu'un, ou qu'ils trouvent le moyen de se faire inviter, mais même dans ce cas, ils ne devaient pas pouvoir parvenir jusqu'à nous.

La question que je ressasse dans ma tête depuis que nous avons passé la porte est : comment ont-ils pu faire ?

Il y a des scanners partout. L'ascenseur ne s'arrête aux étages de Riviera Security et au mien que si l'ordinateur central reconnaît les empreintes digitales de la personne qui a appuyé sur le bouton.

Les empreintes, c'est ça la faille !

Je comprends soudainement mon erreur. J'ai laissé celles de Sasha dans le système.

— Il a tes empreintes.

— Mais de quoi tu me parles ?

— Youri, il doit…

C'est le moment que choisit Nathan pour revenir à lui. Il entrouvre les yeux comme on le fait en passant d'une pièce obscure au plein soleil, et murmure :

— Vadim ?

— Ils l'ont enlevé, lui dis-je.

Nathan écarte la poche de glace que j'ai posée sur son front et porte la main à sa tête. Il grimace en touchant son énorme bosse du bout des doigts.

— Je n'ai rien pu faire. Ils étaient quatre et tout est allé si vite.

— Tu les as vus, tu pourrais nous les décrire ? demande Sasha.

— Je n'en suis pas certain. Ils parlaient à peine le français. Je crois qu'ils étaient russes.

Un froncement de sourcil de ma part et il s'explique :

— En tout cas c'était une langue slave que Vadim comprenait.

— Youri ne travaille qu'avec des Russes, déclare Sasha, écartant ainsi l'hypothèse d'une autre langue.

— Je suis désolé, dit Nathan, en la regardant. Ils m'ont pris par surprise et…

— Non, c'est de ma faute, dit-elle en soupirant. J'aurais dû repartir dès hier, dès que j'ai compris…

Elle laisse sa phrase en suspens en la ponctuant juste d'un geste fataliste.

— Que tu as compris quoi ?

La question m'échappe, plus agressive que je ne le souhaiterais.

— Que tu ne voulais rien avoir à faire avec Vadim !

Lentement je compte jusqu'à cinq dans ma tête, et comme ça ne suffit pas, je recommence et prends une grande respiration. Sasha est profondément injuste.

Elle qui a débarqué dans ma vie aussi brusquement qu'elle en avait disparu, elle s'attendait à quoi ? Que je l'accueille à bras ouverts et accepte son enfant sans me poser une seule question ?

Mais avant que je n'aie le temps de lui expliquer ma façon de penser dans des termes plus posés que ceux qui me viennent spontanément, la porte de l'ascenseur s'ouvre.

Olivier a à peine le temps d'en sortir que Sasha et moi avons brandi nos armes et sommes tous les deux face à lui, prêts à tirer.

Avec une infinie lenteur, il lève les mains et fait preuve d'un flegme admirable, en disant :

— Du calme, ce n'est que moi, l'ambulance ne devrait plus tarder.

— Excuse-nous, on est un peu nerveux, lui dis-je.

D'un geste de la main il me fait comprendre que c'est sans importance, comme s'il avait l'habitude de se faire braquer tous les jours.

Il s'approche de Nathan et s'agenouille à ses côtés.

Je le laisse examiner notre blessé, et en profite pour sonner le branle-bas de combat. Un premier appel à la sûreté monégasque. Les ravisseurs doivent avoir déjà franchi les frontières de la Principauté, mais ça ne peut pas faire de mal d'avoir les forces de l'ordre de notre côté. Mon contact m'assure qu'il va faire le lien avec la police française. Si ces tarés essayent de se rendre dans un aéroport ou une gare (même si j'en doute), ils ouvriront l'œil.

Un seul texto à Andrea, et je sais qu'il aura tout le monde réuni dans les bureaux en quelques heures.

À peine ai-je terminé d'envoyer mon message que l'interphone sonne.

Les ambulanciers sont arrivés. Je les laisse entrer en leur indiquant où est situé l'ascenseur de service qui est assez grand pour y introduire un brancard.

En m'entendant donner des explications, Nathan proteste :

— C'est pas la peine, je vais bien !

— C'est possible, mais tu as tout de même perdu connaissance, lui répond Olivier.

— Un long moment, renchérit Sasha.

— Et donc je préférerais avoir quelques images pour vérifier que tu es bon pour le service, continue mon voisin.

Nathan soupire et semble comprendre qu'il ne va pas avoir gain de cause.

— Bon d'accord, je vais venir avec toi pour que tu regardes ce que j'ai dans le crâne, mais avant, j'ai un mot à dire à Ted.

— Je suis certain que ça peut attendre jusqu'à demain, lui répond Olivier avant d'aller ouvrir la porte de service.

— Non, je dois lui dire maintenant, c'est vraiment urgent.

Olivier s'écarte avec l'air résigné que prennent les médecins lorsqu'ils doivent gérer des patients capricieux. Je m'approche de Nathan pour écouter ce qu'il a à me dire. Il me murmure à l'oreille :

— Vadim, tu vas pouvoir le retrouver, il tenait son dinosaure dans ses bras lorsqu'il est parti.

Il a beau avoir parlé à voix basse, Sasha a entendu ce qu'il me confiait.

Elle nous regarde tour à tour en tentant de comprendre comment la présence d'une peluche pourrait nous aider à localiser le petit.

Elle attend le départ des brancardiers et du médecin pour se tourner vers moi et, me plantant un index accusateur sur le torse, elle explose :

— Tu as mis une puce de géolocalisation dans le jouet de mon fils ?

21

SASHA

Je n'arrive pas à croire qu'il ait fait ça sans m'en parler. Et lui, il n'a pas l'air d'être gêné le moins du monde par ma découverte.

— Oui, même si techniquement ce n'est pas moi qui ai pris l'initiative, mais Nathan, croit-il bon de préciser.

— Et tu ne t'es pas dit que c'était peut-être à moi de décider ?

Il inspire, et je vois ses narines frémir de colère. Il répond d'une voix sourde :

— Tu es vraiment en train de me reprocher d'avoir fait quelque chose pour garantir la sécurité de ton fils ? C'était à toi de faire ça ! Ce gosse, vu le milieu dans lequel il grandit…

Je ne le laisse pas poursuivre, j'explose :

— J'hallucine ! Tu es en train de me dire comment je devrais élever mon fils ? Alors qu'on vient de l'enlever ? Chez toi ! Dans ton putain d'appartement soi-disant sécurisé ! On ne parle pas d'un de tes clients, Ted ! On parle de mon fils…

Ma voix se brise sur cette dernière phrase, et le flot de larmes qui m'envahit n'a aucune commune mesure avec celles que j'ai pu verser dans les dernières minutes. Je m'en veux, d'autant plus que je devrais être en train de remuer ciel et terre pour le trouver, et là je suis effondrée et inefficace au milieu du salon.

Ted a dû remarquer que j'ai atteint un point particulier, car il ne surenchérit pas. À la place, il s'avance vers moi et me prend dans ses bras.

Je m'agrippe à lui comme s'il était mon dernier espoir dans la tempête, ce qui est un peu le cas.

— Ils ont pris mon petit garçon, sangloté-je contre son T-shirt.

Il me caresse doucement le dos, et murmure :

— Je sais. On va les retrouver.

Il laisse passer un instant puis ajoute :

— Grâce au traceur GPS, on va pouvoir les suivre à la trace.

Je pose ma tête contre son épaule, mais la chaleur qu'il dégage ne suffit pas à me réconforter. Et ce n'est pas le moment de m'apitoyer sur mon sort, il faut que je me reprenne, que j'agisse. Je le dois à Vadim.

Alors je m'écarte, mais Ted m'empêche d'aller plus loin. Je rouspète :

— On doit aller le chercher !

Il prend mon visage entre ses deux mains, et m'oblige à le regarder. Je voudrais croire que ses yeux bleus sont criants de sincérité, mais je suis trop bouleversée pour être rationnelle.

— On va le retrouver, je t'en fais la promesse.

Entre mes pleurs, je rétorque :

— Il faut faire vite, il est si petit. C'est encore un bébé. Il doit avoir si peur.

Ted acquiesce sans me lâcher, et répète :

— Je te promets qu'il ne lui arrivera rien, et que ceux qui nous ont fait ça ne s'en sortiront pas indemnes.

Nous nous dévisageons encore pendant une seconde, puis je finis par hocher la tête. Je ne sais pas si c'est parce que je suis prête à me raccrocher au petit espoir qu'il m'offre, ou si c'est parce qu'il a utilisé le « nous », et que je sais que Ted ne plaisante jamais avec ceux qui s'en prennent à sa famille, qu'elle soit de sang ou pas.

Il lâche mon visage, mais attrape ma main.

— Viens, on descend au QG.

Quand nous passons les portes du bureau, il y règne une agitation hors du commun. Un homme s'approche de nous, et informe Ted :

— Ton contact à la sûreté monégasque nous a déjà envoyé les bandes de vidéosurveillance, mais comme tu t'en doutes, en moins de deux minutes, ils avaient déjà quitté le territoire. La police de Nice est sur le qui-vive, ils scrutent leurs caméras au cas où ils viendraient jusqu'à eux.

Ted le remercie d'un signe de tête, et aboie des ordres pour lui et ses collègues aux alentours :

— Active la géolocalisation des puces installées par Nathan, l'une d'entre elle est dans le jouet du petit. Qu'on envoie une équipe scientifique dans mon appartement et dans les sous-sols, on ne sait jamais, peut-être que dans la précipitation les ravisseurs ont pu laisser des traces. Et qu'on demande à Élodie de rappliquer tout de suite, on risque d'avoir besoin de ses contacts.

— Élodie, mais elle…

— N'est pas encore partie en voyage de noces, finit Ted pour moi. Et crois-moi, vu la situation, si elle apprend qu'elle aurait pu être utile et qu'on ne l'a pas sollicitée, elle serait capable de revenir du bout du monde juste pour me botter les fesses.

Je n'ai pas le temps d'argumenter davantage, car quelqu'un crie :

— J'ai un signal !

Ted, qui n'a toujours pas lâché ma main, m'entraîne en direction de l'opérateur qui nous fait signe. Sur un de ses écrans, une carte de la région s'affiche, et un point rouge se déplace. Nous le suivons des yeux et Ted commente :

— Ils ont pris la direction de l'arrière-pays. C'est une bonne nouvelle.

— Pourquoi ?

— Ça signifie qu'ils ne comptent pas aller bien loin avec lui. Certainement dans une planque qu'ils ont quelque part.

— Qu'est-ce qu'on fait, alors ? On va les suivre ?

— Pas tout de suite.

Cette inaction commence à me taper sur le système. Comment peut-on retrouver Vadim si on ne quitte pas l'immeuble ? Ted doit comprendre mon interrogation, car il m'entraîne un peu à l'écart, certainement pour donner un semblant de confidentialité à notre conversation.

— Je te promets qu'on va aller le chercher, dès que ce sera possible. Mais pour l'instant, on n'a pas assez d'informations. On ne sait pas où ils vont ni combien ils sont, ou encore avec quoi ils sont armés. On ne va pas attaquer un fourgon avec ton fils à l'intérieur et risquer de le blesser. Tu comprends ?

Ces mots font sens, mais je ne peux pas m'empêcher de penser qu'il y a peut-être une meilleure solution. Pourtant, je hoche la tête.

— Bien. Allons en salle de réunion, les autres ne vont pas tarder à arriver.

Je ne demande pas qui sont les autres, je n'ai pas la tête à ça. De toute façon, avant même que nous ayons rejoint la pièce, j'ai ma réponse. Andrea débarque avec sur ses talons Madison, Tiffany et James. Quelques secondes plus tard, je suis plaquée contre le torse du responsable de l'agence de Saint-Tropez. Il me susurre des paroles réconfortantes, alors que j'entends sa compagne expliquer à Ted :

— James et Angel ont accompagné Mai Lan à l'hôpital. Est-ce que Nathan va bien ?

Il leur explique brièvement la situation, mais nous sommes à nouveau interrompus par une arrivée. Cette fois-ci, ce sont les jeunes mariés qui rappliquent :

Comme Andrea m'a relâchée, je m'excuse auprès d'eux :

— Je suis désolée qu'on vous ait dérangés.

— Tu plaisantes ? déclare Ken. Dès qu'on a entendu la nouvelle, on a quitté notre hôtel. Je ne compte pas partir où que ce soit avant que ton fils soit retrouvé sain et sauf.

Je lui souris tristement. Mais au fond de mon cœur, je sens cette chaleur réconfortante que j'avais presque oubliée. Celle de savoir que je fais partie d'un groupe, que je suis entourée de gens pour me soutenir dans cette épreuve. Des gens qui ne sont pas ma famille au sens strict du terme, mais qui ont des valeurs bien plus importantes, et un sens de l'honneur qu'aucun de ceux qui partagent mon sang n'ont jamais eu.

22

TED

La salle de conférence est pleine à craquer. L'équipe de Saint-Tropez est venue rejoindre celle de l'agence de Monaco.

En l'absence de Nathan, qui va donner du fil à retordre aux gars des urgences s'ils décident de le garder, c'est Stan qui a pris les commandes de la partie électronique des informations.

— Y'a un truc qui cloche, dit-il en regardant un de ses moniteurs. Nathan avait sorti plusieurs puces qu'il a activées et j'ai trois localisations différentes.

Je m'approche de lui et examine son écran. Il y a bien trois points qui clignotent. L'un est placé dans l'immeuble dans lequel nous sommes, l'autre est à l'hôpital de la Princesse Grace, le troisième dans l'arrière-pays niçois.

— Il n'y a que celle-là qui nous intéresse, lui dis-je en pointant la puce en mouvement. Tu peux ignorer les autres.

— Compris.

Stan ne demande pas d'explication. Sans doute a-t-il deviné que Nathan doit encore avoir une puce dans la poche, et que les autres sont dans des objets de Vadim qui sont restés chez moi. Il fait disparaître les points lumineux de l'écran, avant que Sasha ne s'éloigne de Ken et Élodie pour s'approcher de nous.

— Ils roulent toujours, observe Stan. Ils sont sur la D53.

Sasha examine la route et soupire.

— Alors, on fait quoi ? demande-t-elle.

— Une fois qu'ils se seront posés, on organisera une opération de reconnaissance, d'abord par satellite, puis on enverra quelqu'un en moto trial pour vérifier ce qu'on n'aura pas vu depuis le ciel.

— Mais tu ne vas tout de même pas le laisser passer toute la nuit là-bas ! s'exclame Sasha.

— J'ai bien peur que nous n'ayons pas le choix, observe Ken en examinant la carte qui s'affiche maintenant sur l'écran mural.

Sasha le foudroie du regard sans obtenir de réactions de sa part.

— On ne sait jamais, lui dit Élodie d'un ton conciliant. Mais en attendant, si tu nous expliquais l'affaire ?

Tout le monde prend place autour de la table, sauf moi. J'ai l'habitude de marcher en réfléchissant.

— Bon, pour ceux d'entre vous qui ne la connaissent pas, je vous présente…

Je regarde Sasha et j'hésite.

Comment finir cette phrase ? Smirnov ou Carter ?

J'hésite, puis décide d'aller au plus simple, on a pas de temps à perdre là-dessus.

— … Alexandra Carter. Alexandra, qui a l'habitude de répondre au diminutif de Sasha, vient de perdre son père, un membre assez haut placé de l'organisation du crime russe. Elle est venue se réfugier ici avec son fils en espérant que son cousin Youri, le bras droit de son père, la laisserait partir sans faire d'histoire.

— Pour des raisons de succession, il a tout à gagner de mon départ, ajoute Sasha.

— Oui, même si Vadim est bien trop jeune pour pouvoir prendre la place de son grand-père, il reste une menace pour Youri s'il demeure proche des affaires.

J'observe quelques hochements de tête des membres de mon équipe.

— Alors pourquoi l'a-t-il enlevé ? demande Madison.

Ken se tourne vers elle pour la fusiller du regard comme si c'était un crime de lèse-majesté de m'interrompre. Il n'a pas encore intégré que sa petite sœur est une détective stagiaire, et qu'il doit la traiter comme une adulte à part entière.

Sauf que pour lui faire comprendre qu'il doit cesser de la considérer comme une enfant, Madison ne trouve rien d'autre à faire que de lui tirer la langue. Question démonstration de maturité, on a vu mieux.

— Parce qu'il avait besoin d'un moyen de pression sur sa mère, lui dis-je en lui faisant les gros yeux.

— Mon père était l'un des trésoriers de l'organisation et, dans le cadre de son activité, il a détourné des sommes importantes, explique Sasha.

— Nous n'avons pas d'informations précises sur ce qui s'est passé, mais si j'ai bien compris, celui qui a repris les comptes après le décès du père de Sasha a découvert le vol, et la Bratva exigerait de Youri qu'il rembourse ce que son oncle a dérobé.

— Alors Youri a pris le petit parce qu'il s'imagine que Sasha sait où est passé l'argent ? demande Jimmy.

Je hoche la tête et tous les regards se tournent vers Sasha.

— Non, je ne sais pas où est l'argent, proteste-t-elle. Enfin, pas toute la somme.

— Il y a une dizaine de millions de dollars sur lesquels elle peut remettre la main, mais pour le reste, nous n'avons aucune piste solide, dis-je.

— Le reste ? demande Ken.

— Oui, on parle de quel montant ? renchérit Élodie.

— Cinquante millions de dollars.

Face à une armée de sourcils qui se haussent, je ne fléchis pas.

— Plus les cinquante pour cent d'intérêts de pénalité.

Stan s'esclaffe.

— Juste cinquante pour cent ? ironise Andrea.

— Oui, c'est le taux privilégié pour les membres de la famille. Pour qui que ce soit d'autre, on aurait eu cent pour cent.

Andrea lève les yeux au ciel avant de parfaitement résumer la situation.

— Il faut que nous développions deux plans d'attaque, annonce-t-il.

— Je suis d'accord, lui dis-je. Une première équipe va travailler sur la libération de Vadim, histoire de calmer le jeu. La seconde va chercher l'argent.

— Mais si vous trouvez l'argent, demande Madison, vous allez le lui donner ?

— On avisera quand le moment sera venu.

Ma réponse n'a pas l'air de plaire à Sasha.

— Nous n'aurons pas le choix, cette somme est le prix de la vie et de la liberté de Vadim, affirme-t-elle un ton péremptoire.

Je ne suis pas d'accord, car même si nous donnions à Youri tout ce qu'il nous demande, il n'est pas du tout certain qu'il laisserait Sasha partir avec Vadim.

Un type comme lui ne doit même pas pouvoir concevoir qu'on tourne le dos au pouvoir que détenait son oncle. Une fois l'argent en poche, il n'aura plus qu'une seule idée : supprimer son rival potentiel avant qu'il ne grandisse et devienne véritablement dangereux.

Pour faire bonne mesure, il n'hésitera pas non plus à tuer Sasha, histoire de s'assurer qu'elle ne donne pas naissance à un nouvel héritier.

Et pendant qu'il y est, s'il a fait quelques recherches à mon sujet, il tentera aussi de me faire la peau de crainte que je ne le poursuive jusqu'au bout de la terre pour laver l'affront fait à ma famille.

Alors, je ne sais pas ce qu'on fera de l'argent

détourné par le père de Sasha si on arrive à mettre la main dessus, mais une chose est absolument certaine, on ne le donnera pas à Youri.

D'autant que tous ces millions pourraient permettre à Sasha d'aller refaire sa vie dans n'importe quel pays du monde, et d'y vivre des jours heureux avec son fils.

Mais curieusement, l'idée de la voir disparaître à nouveau ne me plaît pas du tout.

23

SASHA

— C'est quoi, ton idée ? demandé-je à Ted une fois que tout le monde part travailler sur la tâche qui lui a été attribuée.

— Quelle idée ?

Il fait mine de ne pas savoir de quoi je parle, mais je le connais trop pour tomber dans le panneau.

— L'argent, je sais que tu ne comptes pas le rendre à Youri. Du coup, je me demande même pourquoi tu fais semblant de vouloir le chercher ?

Il évite mon regard en rangeant des papiers sur la table. C'est bien ce que je pensais…

— Ted, insisté-je.

— Tu te trompes, je ferai tout pour retrouver cet argent.

Cette fois-ci, il relève la tête et me fixe de son regard azur.

— Mais tu ne comptes pas le donner à Youri,

complété-je pour lui. Ne me mens pas, ça se voit comme le nez au milieu de la figure.

Il soupire avant de déclarer :

— Tu te rends compte de tout ce que tu pourrais faire avec une somme pareille ?

— Devenir une cible potentielle de la Bratva ? ironisé-je.

— Pas si tu t'en vas, Sasha. Il y a des tas d'endroits où tu pourrais te cacher, et vivre une vie tranquille avec Vadim.

— Ça a tellement bien marché, la première fois. Tu crois qu'ils ne me retrouveraient pas ? m'agacé-je.

— Pas si je t'aide à te cacher. Tu sais que j'ai des contacts, pas seulement ici, mais aux États-Unis. Je pourrais facilement vous faire disparaître.

Je l'observe, il a l'air sérieux. Tellement, qu'il ne se rend pas compte que ce n'est pas la réponse que j'espérais. Pour ma part, j'ai l'impression que mon estomac pèse une tonne. Mais qu'est-ce que j'imaginais ? Qu'il m'annonce qu'il était prêt à partir au bout du monde avec moi ?

Je détourne les yeux, et peut-être est-ce parce que je suis à fleur de peau, ce soir, ou peut-être est-ce l'accumulation de tout ce qui s'est passé ces derniers jours, mais une larme coule sur ma joue. J'essaie de la masquer, de me reprendre, mais je n'y arrive pas, et Ted s'en aperçoit.

— Sasha, prononce-t-il en s'approchant.

Il tend un bras vers moi et je recule, je ne veux pas

qu'il me touche, car je serais bien capable de m'effondrer, et je ne le dois pas.

Je dois rester forte pour mon fils.

Mais Ted ne l'entend pas de la sorte, et à nouveau il avance et se saisit de mon coude.

— Sasha, regarde-moi.

Je refuse, si je le fais, je sais que je vais fondre en larmes.

— C'est la seule solution. Tu sais que même si on se débarrasse de Youri, il y en aura toujours un autre pour le remplacer.

Je suis consciente qu'il n'a pas tort, mais actuellement Youri est le cadet de mes soucis. À la place, je lui lance avec amertume :

— Ce sera tellement plus simple pour toi, si tu te débarrasses de nous.

Il lâche mon bras, comme si soudainement celui-ci l'avait brûlé. Mais quand je tourne la tête, je m'aperçois qu'il n'a pas bougé d'un iota, il paraît même encore plus proche. Et agacé.

— C'est vraiment ce que tu crois ? Que j'ai envie de me débarrasser de vous ?

— On ne peut pas dire que l'accueil ait été très chaleureux.

Je sais que c'est mesquin de ma part, je reconnais qu'à sa place je n'aurais probablement pas fait mieux.

Cette fois-ci, je constate que ce n'est plus un simple agacement, mais une colère sourde qui s'empare de lui. Il fait un pas. Par réflexe, je recule jusqu'à me retrouver le dos presque contre le mur. Il continue d'avancer, pose ses paumes contre la paroi de part et d'autre de mon visage. Ses yeux lancent des éclairs, je sens son souffle sur ma peau. Mon cœur bat la chamade. Non pas parce que j'ai peur, je n'ai jamais eu ce sentiment à ses côtés, mais plutôt parce que l'idée me traverse que je n'aurais qu'à bouger de quelques centimètres, et mes lèvres seraient sur les siennes.

— Il ne t'est pas venu à l'idée que si j'envisage ça, c'est pour te protéger ? Que je choisis de faire ce qui serait le mieux pour toi, sans penser à moi ?

Mon cœur accélère davantage. Dire qu'il me prend par surprise est un euphémisme.

— Les gens n'agissent pas toujours dans leur intérêt, Sasha. Parfois, ils font ce qu'il y a de mieux à faire.

— C'est étrange que tu dises ça.

— Pourquoi ?

— Parce que c'est exactement ce que j'ai fait, il y a trois ans.

Il ne répond rien, à la place il m'observe. Je pourrais presque entendre les rouages de son cerveau. Il sait que j'ai raison, mais il a sa fierté. Je comprends, je l'ai blessé et il lui faudra du temps pour s'en remettre. Peut-être même que ça n'arrivera jamais.

Doucement, il laisse tomber son front contre le mien. Je ferme les yeux, savourant ce contact qui m'a tant manqué, jusqu'à ce qu'il déclare :

— Certaines personnes sont condamnées à vivre séparées pour être heureuses.

Dans son regard, je lis qu'il croit réellement à ce qu'il vient de dire. Pire, il est prêt à s'échapper. Alors je le retiens. Je prends son visage entre mes mains. Sa courte barbe chatouille mes paumes.

— Dis-moi que tu as été heureux sans moi. Dis-moi que tu as été soulagé que je m'en aille, que je ne t'ai pas manqué.

Les secondes défilent, il reste silencieux et l'espoir renaît au fond de mon cœur.

— Dis-moi que tu ne m'aimes plus, et je partirai une fois toute cette histoire avec Youri finie.

Il ferme les yeux, et je retiens mon souffle.

Quand il les rouvre et que ses prunelles bleues si semblables à celles de notre fils se braquent sur moi, je sais que j'ai gagné.

— Tu sais très bien que j'en suis incapable.

Malgré moi, malgré l'angoisse et la fatigue, un sourire s'esquisse sur mes lèvres.

— Je n'ai pas passé un jour sans penser à toi ces trois dernières années, Ted. Tout ce que j'ai fait, je l'ai fait dans l'espoir qu'un jour nous serions réunis.

J'ai envie de l'embrasser. De poser ma bouche sur la sienne pour lui rappeler qu'entre nous, la flamme a beau avoir été réduite à l'état de braises, il n'en faudrait pas beaucoup pour la raviver.

Une partie de moi se dit qu'il serait plus judicieux de le laisser faire le premier pas, mais je n'ai jamais été très patiente. Je m'humecte les lèvres, je m'approche de quelques millimètres, quand soudain la porte s'ouvre à la volée.

Nous sursautons tous deux, et Ted saute d'un pas en arrière comme un gamin se faisant prendre la main dans le pot de confiture. Sur le seuil, Stan fait mine de n'avoir rien remarqué, mais se racle la gorge avant d'annoncer :

— Nathan vient d'appeler, boss, il a peut-être une idée sur la façon d'accéder à l'argent.

24

TED

Stan observe la pointe de ses chaussures avec une attention soutenue. Il a beau être majeur et vacciné, ce garçon se conduit comme un adolescent attardé dès qu'il sent la moindre tension.

— Comment ça, Nathan t'a appelé ? Je croyais qu'il était à l'hôpital en train de passer une radio ?

Stan relève la tête, soulagé de voir que la conversation va rester professionnelle et que je ne vais pas lui reprocher d'être entré sans frapper ou quelque chose du genre.

— Le radiologue lui a dit qu'il était bon pour le service et…

Voyant que j'ouvre la bouche, Stan lève une main pour me signifier qu'il n'a pas terminé.

— J'ai appelé Olivier et oui, il m'a confirmé que Nathan s'en tirait bien, et qu'il n'y avait pas lieu de le forcer à demeurer en observation à l'hôpital. Il veut juste que nous gardions un œil sur lui pendant les prochaines 24 heures.

J'entends d'ici Nathan m'expliquer que comme nous sommes tous ici, il valait mieux qu'il revienne au bureau, plutôt que de rentrer à Saint-Tropez.

C'est une excuse bidon, puisque Mai Lan est à ses côtés, et qu'elle aurait pu le ramener chez eux, mais s'il est véritablement opérationnel alors autant en profiter.

— Il t'a dit comment faire ? demande Sasha.

— Pour accéder aux comptes ? Oui et non.

Je fronce les sourcils et Stan se tourne vers Sasha.

— Il m'a dit qu'en fait, pour aller plus loin, il allait avoir besoin de vous…

— De toi, le corrige Sasha.

— De toi, car l'interface du site est en cyrillique et qu'il ne veut pas faire de connerie.

— Il l'a déjà trouvé ? m'étonné-je.

— Oui, il semblerait qu'il ait fait ça dans la salle d'attente, pendant que le radiologue dictait le compte rendu de ses clichés.

— Sur son téléphone portable ? s'inquiète Sasha.

Bonne question. C'est le seul équipement électronique qu'il avait à sa disposition lorsque les secours l'ont emmené.

— Non, bien sûr que non ! proteste Stan. Je sais qu'il a reçu un coup sur la tête, mais tout de même, il n'est pas idiot. Il a dû faire ça avec une de nos bécanes sécurisées, celle de Mai Lan ou de James. Il m'a transmis des liens, mais comme il sera bientôt là, je préfère que ce soit lui qui vous explique.

— Fais voir ce qu'il a trouvé, lui dit Sasha en l'invitant à prendre place à l'ordinateur qui est demeuré allumé sur la table de conférence.

Stan se tourne vers moi et je hoche la tête pour lui signifier mon approbation. Même si effectivement, Nathan a plus d'expérience, son collègue est un professionnel compétent et, dans cette affaire, il y a urgence. Qui sait combien de temps vont prendre les formalités hospitalières.

Stan s'installe au clavier et le logo de Riviera Security qui constituait l'écran de veille de la machine disparaît pour laisser rapidement place à une interface que Nathan serait bien incapable de déchiffrer.

— C'est ça ! s'exclame Sasha. C'est le bon site. Je ne sais pas comment il a fait pour trouver aussi vite.

— Nathan est un génie, murmure Stan.

Je suis bien d'accord, et je crois que nous avons tous de la chance qu'il n'ait jamais succombé à la tentation d'abuser de son talent. Certes, il lui arrive de traverser en dehors des clous, mais c'est toujours pour la bonne cause.

Pour la bonne cause…

C'est sans doute ce que s'est dit Sasha lorsqu'elle a détourné l'argent de son père.

Et elle n'avait pas tort. Je ne peux pas nier que son association humanitaire a fait de véritables miracles partout où elle est allée.

Une goutte d'eau dans l'océan, c'est certain, mais pour ceux dont elle a changé la vie, chaque goutte comptait. La fierté que j'ai toujours éprouvée en la regardant faire n'a jamais faibli.

La tristesse et la rancœur que j'ai ressenties après son départ n'ont jamais entaché le respect que j'ai pour son travail, et ses convictions.

Ce qui me navre, c'est que je ne sais pas si je pourrai lui pardonner de ne pas avoir eu assez confiance en moi pour me dire ce qui lui arrivait. Elle n'avait pas le droit de partir comme ça, du jour en lendemain, sans un mot, sans une explication.

Et si Vadim est véritablement mon fils, elle n'avait pas le droit non plus de me cacher son existence.

— Il y a des nouveaux comptes, observe Sasha en s'approchant du moniteur qui est au mur.

— Mais les anciens sont toujours là ? lui demandé-je.

— Oui, les trois premiers, dit-elle en posant ses doigts sur l'écran, ce sont ceux des supérieurs de mon père, après ça il y a le sien et puis en dessous, le mien, celui de Youri et… il en a ouvert un pour Vadim !

— Comment sais-tu qu'il est pour Vadim ? m'étonné-je. Je ne vois que des chiffres et aucun nom.

Sasha me sourit et s'explique :

— Je sais que les chiffres ont l'air aléatoires comme ça, mais ils ne le sont pas. Chaque chiffre a son sens. Si tu regardes mon compte, tu vois mon jour, mon mois et mon heure de naissance.

— Vous êtes… pardon, tu es née le 16 décembre à 21 h 13 ? lui demande Stan.

— Oui, c'est ça, lui confirme-t-elle. Alors tu

imagines bien que j'ai reconnu la date et l'heure de naissance de Vadim tout de suite.

— Mais si ton père l'a créé sans te le dire, j'imagine qu'il ne t'a pas non plus donné de mot de passe. Comment vas-tu faire pour y accéder ? lui demandé-je.

— Je n'en sais rien, me répond Sasha pensive. J'imagine que s'il a voulu laisser quelque chose à son petit-fils, il aura pris un code que je pourrais facilement deviner.

— On verra ça plus tard, lui dis-je. Ce qu'il faut découvrir maintenant, c'est s'il a changé son mot de passe à lui, et combien il reste sur son compte, d'accord ?

Sasha se rapproche du siège de Stan qui se lève pour lui laisser la place.

— Vous voulez que je sorte ? nous demande-t-il.

Sasha lève la tête, et m'interroge du regard.

Ma réaction spontanée serait de lui dire de rester. J'ai une confiance absolue dans les membres de mon équipe. Mais ce qui s'est passé avec le bureau de Londres m'a démontré que ma confiance n'était pas toujours bien placée.

J'hésite.

S'il ne s'agissait que de moi, je prendrais le risque de le laisser rester. Le problème c'est que ce n'est pas de moi qu'il s'agit ici, il s'agit de Sasha et de Vadim.

C'est pour les protéger que je décide de lui demander de partir.

— Oui, c'est une bonne idée, lui dis-je. Je pense que ce que nous allons faire viole un paquet de lois, et il n'y a pas de raison de te faire tremper dans cette histoire. Si tu vas dans un autre bureau pour passer un coup de fil à ta douce, par exemple, personne ne pourra t'accuser de complicité.

Stan hoche la tête en souriant, mais je me demande si ce n'est pas de la déception que je lis au fond de ses yeux. J'imagine qu'il se demande si j'aurais exigé la même chose de Nathan, s'il était déjà rentré de l'hôpital. Sans doute pas.

— Merci, Stan, lui dit Sasha en le gratifiant de son plus beau sourire.

Il sort et referme la porte derrière lui sans rien dire.

Sasha pose les mains sur le clavier et m'annonce qu'elle commence par le compte de son père. Je reste silencieux pendant qu'elle rentre ce qui me semble être une suite interminable de chiffres et de lettres.

Lorsqu'elle en a terminé, elle lève les yeux vers moi et annonce :

— C'est le moment de vérité !

Elle appuie sur la touche retour et nous retenons notre souffle.

25

SASHA

Vide, complètement vide.

Nous regardons avec effarement le solde du compte de mon père. Il n'y a rien, ou quasiment, dessus. À peine de quoi se payer un café… Et encore, pas dans un palace de Monaco.

Mon estomac pèse une tonne.

— Qu'est-ce qu'il a fait de l'argent ? finis-je par murmurer.

Mes paroles font sortir Ted de sa torpeur.

— Regarde le détail des opérations. Il y a sûrement la trace des derniers virements.

Je me ressaisis et clique sur la rubrique appropriée. Une liste de virements apparaît. Quelques-uns pour de petites sommes. Du moins, qui paraissent insignifiantes en comparaison avec le montant énorme que nous sommes censés rembourser à Youri. Puis il y en a un qui attire notre attention. Cette fois-ci le chiffre est colossal.

— Clique sur le bénéficiaire, dit Ted en le pointant du doigt.

Ce n'est pas le nom d'une personne ou d'une entreprise qui apparaît, mais une série de chiffres : le numéro de compte.

— Est-ce que c'est…

Il n'a pas besoin de finir sa phrase, je sais quelle est sa question.

— C'est le compte de Vadim. Du moins, celui qui comporte sa date de naissance.

Je m'apprête à me déconnecter pour tenter d'aller faire un tour là-bas, quand un détail attire mon attention.

— Les dates sont étranges, commenté-je.

— C'est-à-dire ?

— Tous ces virements ont été faits après la mort de mon père.

— Ce n'est donc pas lui qui les a faits.

Cette logique est imparable, mais la question suivante est :

— Oui, mais qui, alors ?

— Si tu n'as pas la réponse à cette question… moi encore moins.

Je hoche la tête en tentant de réfléchir.

— Youri ? suggère Ted en grimaçant.

Ça se voit qu'il lance l'idée sans y croire.

— Il n'a pas accès aux comptes, sinon on ne serait pas dans toute cette histoire. Et pourquoi mettre l'argent sur celui qui appartient à Vadim ? Ça n'a pas de sens. Pas plus que si c'est quelqu'un d'autre de l'organisation qui l'a fait.

— On n'a aucune certitude sur le fait que le compte soit réellement destiné à Vadim.

— Je connais mon père et sa façon de fonctionner. Il n'a pas choisi ces numéros au hasard, c'est calculé. Je pense même qu'il savait, que c'est un message pour moi, il pensait que je saurais le décrypter.

— Qu'est-ce qu'on attend alors pour se connecter à l'autre compte ? me demande Ted un sourcil relevé.

Je quitte la page sur laquelle j'étais pour aller sur celle qui me permettra de me connecter au compte de Vadim.

— Une idée du mot de passe ?

— Je vais tenter les techniques classiques.

Je compose plusieurs combinaisons de code assez longues. S'il y a vraiment plus de cinquante millions cachés derrière, mon père n'a pas dû se contenter de le protéger avec sa seule date de naissance. Au bout de plusieurs essais infructueux, Ted me fait remarquer :

— Techniques classiques ? On dirait des codes élaborés par la Nasa.

— Ça te va bien de dire ça. Toi qui sécurises à peu près tous les éléments de ta vie.

— Pas assez bien, on dirait, dit-il à voix basse.

Excitée par ce mystère à résoudre, l'angoisse de savoir mon petit garçon loin de moi s'était un peu estompée. Mais par ces simples mots, elle revient en force. Je ferme les yeux une seconde, et Ted pose une main sur mon épaule.

— Je suis désolé.

Je lui adresse un pauvre sourire. Je ne suis pas capable de mieux. Mais je pense qu'il comprend, et quand je croise son regard, il a vraiment l'air désolé. Puis je me rends compte de quelque chose. Il aurait très bien pu demander à Nathan ou Stan de s'introduire sur le site. S'il ne l'a pas fait c'est pour une raison : il veut me tenir occupée. Alors je marmonne :

— Merci.

Et me tourne à nouveau vers l'écran.

Mais au bout de plusieurs tentatives, force est de constater que je n'arrive à rien.

— Je ne comprends pas, je n'arrive pas à trouver ce foutu code ! m'énervé-je.

— Il n'y aurait pas un autre moyen de l'obtenir ?

— Comment ? En allant réveiller un mort ?

Mon ton est tout sauf amical, pourtant Ted garde son calme.

— Ton père n'aurait pas… je ne sais pas… un homme de confiance ? Ces virements ont été faits après sa mort, alors à moins qu'on croie en la réincarnation, il est peu probable que ce soit lui qui les ait faits.

— Tu penses à quelqu'un à qui il aurait laissé des instructions ?

— Quelque chose comme ça.

Je creuse mon esprit et puis finalement quelqu'un me vient en tête.

— Il y a bien une personne…

Puis je secoue la tête. Ted, me pensant résignée, dit :

— Sinon, je peux mettre Nathan sur le coup, mais Dieu seul sait combien de temps ça lui prendra.

— Non, je ne crois pas qu'utiliser Nathan soit une bonne idée.

— Il est assez fort pour rester discret.

— Ce n'est pas ça. Je commence à penser que mon père a fait en sorte que je ne trouve pas le code.

Je reste silencieuse un instant, pensant à ma théorie, et plus j'y songe, plus ça me paraît clair.

— C'est ça, je n'ai aucune idée de la raison, mais il voulait que la contacte.

— Et cette personne, qui est-ce ?

J'inspire en pensant à la femme que je n'ai pas vue depuis des années. Je n'ai que de vagues souvenirs d'elle, à vrai dire. Plus un sourire, un parfum. Après tout, nous n'étions pas censées vraiment nous fréquenter. Je n'ai jamais compris d'ailleurs pourquoi mon père la tenait à la fois à distance et proche de lui, même après la mort de ma mère, quand il n'y avait plus besoin de sauver les apparences. Et elle, comment a-t-elle pu accepter de continuer à vivre dans cette espèce d'entre-deux ? Amoureuse d'un homme qui ne devait apparemment pas l'aimer assez pour l'aider à sortir de la misère, alors que cela aurait été si simple pour lui.

Je relève la tête et croise le regard bleu azur de mon mari avant de déclarer :

— Cette personne, c'était sa maîtresse, la mère d'Arkady.

26

TED

Et merde ! De toutes les personnes au monde à qui le père de Sasha aurait pu confier l'exécution de ses dernières volontés, le hasard a fait qu'il a choisi cette femme ! Leur relation devait être plus solide que ce que j'ai imaginé, puisque jusqu'à présent elle a fait preuve d'une extraordinaire loyauté envers son amant.

Après tout, elle aurait pu choisir de ne pas faire le virement, ou alors de s'approprier les fonds. Face à une somme pareille, c'est hallucinant qu'elle n'ait pas succombé à la tentation.

Restera-t-elle aussi fidèle si elle apprend que le bénéficiaire de ces largesses est le fils de l'homme qui est responsable de la mort du sien ?

Mon cœur s'arrête et repart de plus belle.

Mon fils ?

Sasha et Youri semblent être certains de sa paternité.

Pour ma part, j'ai de plus en plus de mal à en douter.

Il n'y a pas que la ressemblance physique indéniable, il y a aussi la personnalité de Sasha. Le mensonge et la dissimulation ne sont pas dans sa nature. Les seules fois où je l'ai vue maquiller la vérité, c'était pour adoucir des choses indicibles. Aux proches de ses patients, elle disait toujours « Il n'a pas souffert, il s'est endormi paisiblement… »

Et j'ai vite compris qu'elle avait raison. Il n'aurait servi à rien d'ajouter à leur peine en partageant avec eux d'horribles souffrances. C'était plus généreux de les passer sous silence et de laisser le personnel médical supporter seul le poids de ces derniers moments insoutenables.

C'est pour ça que je doute.

Là, je vais me contenter de reconnaître que j'ai envie de croire que Vadim est mon fils. Pour le reste, on verra plus tard. L'heure n'est pas aux longues introspections. J'y réfléchirai une fois qu'il sera à nouveau à l'abri dans les bras de sa mère.

— Ted ?

Sasha m'interpelle comme si mon silence soudain l'inquiétait.

— Désolé, je réfléchissais, lui dis-je. Je me disais qu'on s'occupera de l'argent après avoir récupéré Vadim.

— Oui, mais…

— D'abord on reprend le petit, l'argent est secondaire.

Sasha hoche la tête, mais proteste tout de même :

— Oui, c'est secondaire pour nous, mais pas pour Youri. Il ne me rendra jamais mon fils s'il n'est pas certain d'avoir l'argent !

J'entends le doute dans la voix de Sasha, je sais maintenant qu'elle a bien compris qu'il n'était pas certain que Youri tienne sa parole, même si nous devions lui rendre tout l'argent détourné majoré des intérêts outranciers, voire même les sommes considérables que le grand-père de Vadim a entendu lui léguer. Pourtant, c'est un chiffre avec assez de zéros pour faire tourner bien des têtes.

— C'est pour ça qu'on ne va pas attendre qu'il le rende. On va aller le chercher.

Trois coups sont frappés à la porte qui s'ouvre avant même que j'aie eu le temps de répondre. Il va falloir que je resserre un peu les boulons à propos de l'étiquette dans cette entreprise.

— Alors, c'est le bon site ? demande Nathan qui passe la porte le premier.

— Oui, lui répond Sasha. Mais…

— Ils se sont arrêtés, annonce Andrea qui bouscule presque Nathan pour s'approcher de la table de conférence.

— Laisse-moi deviner, dit la voix de Jimmy dans son dos. Une maison isolée en rase campagne ?

J'entends l'ironie dans sa voix, comme si tous les truands qui enlèvent quelqu'un sur le territoire français suivaient nécessairement le même mode opératoire. Mais il n'a pas tort, il se dit que, si c'est le cas, notre opération commando pour libérer Vadim aura comme un air de déjà-vu.

— Non, c'est une maison de village. Elle est mitoyenne des deux côtés avec un petit jardin à l'arrière. Madison et Élodie sont sur le cadastre en train de voir ce qu'on peut y trouver, et aussi pour identifier les propriétaires des maisons adjacentes, explique Andrea.

— Oui, tu avais raison, les trois maisons ont des caves, annonce Élodie en pénétrant à son tour dans la salle de conférence.

— Des caves ?

Sasha ne comprend visiblement pas pour quelle raison l'existence d'un sous-sol est susceptible de nous intéresser, et j'avoue que je n'en suis pas certain moi-même.

— Laisse-moi t'expliquer, lui dit Andrea. Nous allons partir du principe que Youri a une équipe avec lui, et qu'il ne manque pas d'hommes pour garder les entrées.

— Tu as raison, reconnaît Sasha, Vadim est sa plus belle prise de guerre, il va mettre le paquet pour le garder.

— Donc, à sa place, je mettrais un type à chaque ouverture. Un à la porte de devant, un à celle qui ouvre sur le jardin. Ensuite, un mec à chacune des fenêtres des deux étages et, pour faire bonne mesure, moi j'en mettrais même un dans le grenier si celui-ci est accessible.

La lumière commence à se faire dans mon esprit, je pense deviner ce qu'Andrea veut faire.

— Donc tu veux entrer par la cave ? s'étonne Sasha.

— Par la cave du voisin, lui précise Andrea. Il faut que tu saches que, dans l'arrière-pays niçois, avoir une activité souterraine n'est pas qu'une simple façon de parler.

Alors que nous nous installons tous autour de la table, Andrea prend les commandes de l'ordinateur en continuant son exposé historique.

— Il existe de véritables réseaux qui ont été très utiles à la Résistance pendant la Deuxième guerre mondiale.

— Oui, il arrive souvent que, dans les villages, les caves des maisons mitoyennes communiquent. La plupart des gens l'ignorent, car les ouvertures sont le plus souvent plâtrées et invisibles si on ne sait pas qu'elles existent et qu'on ne les cherche pas, ajoute Élodie.

— Il suffit d'un simple coup d'épaule pour que le plâtre tombe et que l'ouverture soit à nouveau praticable, précise Andrea.

— Donc, tu me dis que si on réussit à pénétrer dans la cave d'un des voisins, on pourra, sans faire de bruit, rentrer dans la maison où Youri retient Vadim, dis-je en réfléchissant à haute voix.

— L'idée est bonne, mais il reste juste un petit problème, remarque Nathan. Comment pensez-vous convaincre un des voisins de nous laisser entrer et faire un trou dans le mur de sa cave ?

— Ça, j'en fais mon affaire, annonce Élodie. J'ai appelé mon père qui est en train de prendre contact avec la gendarmerie locale. Non seulement nous pourrons pénétrer dans les lieux, mais encore mieux, nous aurons l'aide officielle des forces de l'ordre françaises. Les enlèvements d'enfant, c'est quelque chose qu'on prend très au sérieux chez nous.

27

SASHA

Nous avons pris la route pour un de ces petits villages comme il y en a des dizaines dans l'arrière-pays. Une départementale tortueuse qui semble mener à nulle part, puis au bout de quelques virages un éperon rocheux avec quelques vieilles bâtisses réunies autour d'un clocher. Mais avant que nous ayons eu le temps de rejoindre les premières maisons, Ted gare son 4x4 sur le bas-côté.

— Qu'est-ce qu'on fait là ?

— On ne va pas s'approcher davantage, il ne faut pas attirer l'attention.

Il descend ensuite de l'habitacle, et même s'il ne m'a pas invitée à le faire, j'en fais de même.

Une voiture similaire s'arrête juste derrière nous, alors qu'il ouvre le coffre. Quatre personnes ont embarqué à son bord quand nous avons quitté les bureaux de Riviera Security au même moment : Ken,

Jimmy, Andrea et Élodie. Pourtant la jolie brune manque à l'appel.

Comprenant certainement ma question silencieuse, Ken qui vient d'abandonner le volant m'indique :

— On a déposé Élodie un peu plus bas sur la route, elle fera le lien avec la gendarmerie. C'est déjà énorme qu'ils nous aient laissés intervenir, alors autant les brosser dans le sens du poil.

— Certains bricolent avec leur beau-père, d'autres montent des opérations de sauvetage, chacun son truc, commente Jimmy.

— Tu parles, c'est plutôt pour être certain que sa chère petite fille soit bien loin du feu de l'action qu'il lui a demandé de rester en retrait. Il n'a pas du tout confiance en son gendre, raille Andrea.

Ce dernier laisse échapper un grognement puis rétorque :

— Avant de balancer de telles âneries, n'oublie pas que je suis celui qui est assez fou pour te laisser prendre soin de ma sœur.

Andrea renâcle :

— Madison n'a absolument pas besoin que je la protège, elle est tout à fait capable de se débrouiller toute seule. Même si j'avoue que parfois, je ne préférerais pas.

Nous échangeons un sourire, je sais qu'Andrea n'a pas une once de comportement machiste en lui, mais qu'il aime bien le faire croire.

Ted, qui a enfilé un gilet pare-balles, déclare :

— Bon, la récré est finie. On fait comme on a dit :

Ken et Jimmy, vous venez avec moi. Andrea, tu restes ici avec Sasha, et tu tiens au jus Élodie et la cavalerie.

— Hein ? Quoi ? Comment ça, *comme on a dit* ? m'étonné-je. Quand est-ce qu'on a déterminé ça ?

Les trois garçons trouvent un soudain intérêt à leurs chaussures ou au paysage environnant. Le seul à m'affronter du regard est Ted.

— C'est moi qui l'ai décidé, et on fera comme ça.

Il ne me laisse pas la possibilité de dire autre chose, car il contourne la deuxième voiture en direction du coffre pour aller chercher un sac.

Quand Andrea relève enfin la tête, je lui intime d'un geste de faire quelque chose. À la place, il hausse les épaules et déclare :

— C'est le patron.

Leur patron. Pas le mien.

Je fais le tour de l'habitacle à mon tour, et me plante juste devant le brun aux yeux clairs. Il est tout de noir vêtu, avec un pantalon et des rangers, et un t-shirt près du corps qui moule ses biceps comme une seconde peau. Sur ses bras s'enroulent ses tatouages gris dont il est impossible de déchiffrer la signification avec aussi peu de lumière, à moins de les avoir déjà étudiés de près. Et c'est alors que je le vois, le Саша[1] sur son avant-bras.

J'avais trouvé que le fait de se faire inscrire mon diminutif sur sa peau était un geste aussi romanesque que stupide à l'époque. Peut-être parce qu'au fond de moi je savais qu'un jour, je devrais probablement sortir de sa vie, et qu'il regretterait de l'avoir fait. Plus d'une fois, j'ai pensé que depuis le temps il avait dû le recouvrir, alors découvrir qu'il est toujours là m'étonne et me procure une drôle de joie. Puis je me souviens qu'il s'agit de Ted, et le connaissant, il aurait été capable de le garder pour se rappeler ses erreurs du passé.

Il me coupe dans ma contemplation quand il m'annonce :

— Nous resterons en liaison radio aussi longtemps que possible. Tu sauras où nous sommes à tout moment grâce aux traceurs GPS.

— Je veux en être.

Il ne m'accorde pas un regard, toute son attention est focalisée sur ses chargeurs qu'il est en train de vérifier. J'attends quelques instants, consciente que ce n'est pas le moment qu'il fasse une erreur par ma faute, puis dès qu'il a fini et qu'il se met à marcher, je réattaque :

— Ted, je veux venir.

— Hors de question.

— Je suis entraînée !

— Tu n'as pas été en mission depuis trois ans, rétorque-t-il sans même se retourner.

— Tu n'en sais rien.

— Tu es en train de me dire que tu faisais des jobs pour ton père ? s'étonne-t-il avec un air sarcastique.

— Tu sais très bien que non.

Qu'est-ce qu'il m'énerve !

— Alors, tu ne viendras pas.

— C'est mon fils !

Cette fois-ci mon injonction le fait s'arrêter, si bien que je manque de lui rentrer dedans. Il m'en empêche en me retenant par le coude, et une fois que je suis redressée il rive ses yeux aux miens pour me demander :

— Je croyais que c'était également mon fils ?

— Oui, mais…

— Eh bien, comme ça, un de ses deux parents va aller le chercher, et l'autre demeurera bien sagement en retrait pour l'accueillir comme il se doit. On ne va pas risquer tous les deux notre vie en même temps.

Je suis tellement stupéfaite par ce qu'il vient d'annoncer que j'en reste bouche bée.

— Et si l'opération tourne court, et qu'il devait m'arriver quelque chose, il vaut mieux qu'il lui reste sa mère qu'il a toujours connue, qu'un sombre inconnu avec qui il n'a partagé qu'un sandwich.

— Je…

— Tu ?

— OK, je vais rester avec Andrea.

— Tu vois, tu sais être raisonnable quand tu veux.

— N'adopte pas ce ton paternaliste avec moi, Ted Carter, m'agacé-je.

Au lieu de me répondre, il sourit, ce qui me fait enrager davantage. Je suis prête à lui envoyer une pique bien sentie quand il s'approche un peu plus et murmure :

— Ne t'inquiète pas, je ferai en sorte de ramener Vadim en un seul morceau.

Son expression est si tendre à cet instant, que je ne peux m'empêcher de faire un 180° et de lui déclarer :

— Toi aussi, reviens en un seul morceau, s'il te plaît.

— J'y compte bien.

Il est tellement proche que je sens son souffle sur mon visage. Je frissonne et je souhaiterais imputer ça au fait que l'air ici est plus frais qu'en bord de mer, mais ce serait mentir.

Ma poitrine se soulève et je voudrais lui dire quelque chose de réconfortant, quand il me devance :

— Mais au cas où, je vais faire ça avant de partir.

Je n'ai pas le temps de lui demander quoi, que ses lèvres s'emparent des miennes. Au départ, le baiser est brutal, comme s'il avait mal calculé son empressement. Puis, tout aussi rapidement, il ajuste son toucher, caressant ma bouche avec la sienne, me goûtant, comme s'il essayait de se remémorer comment faire. Je suis figée, stupéfaite. J'ai l'impression d'être dans un rêve et que le moindre geste pourrait me réveiller et me rappeler à la réalité. Puis je m'abandonne et entre dans son jeu. C'est comme revenir à la maison, c'est instinctif, naturel, et c'est différent à la fois. Car ce baiser a le goût du manque. Une absence de trois ans que rien ni personne n'a pu combler. À cet instant, je me rends compte que je n'avais pas mesuré à quel point il m'avait manqué.

Tout aussi soudainement, il s'arrache à mon étreinte. Mon souffle est erratique, je suis sonnée par ce qui vient de se produire. Il recule d'un pas en lançant :

— À tout à l'heure.

Avant de se retourner et de disparaître dans la nuit, Jimmy et Ken sur ses talons.

28

TED

— Alors ? demande Jimmy.

Il reste vague, mais je n'ai aucun doute sur le sens de sa question. Avant Tiffany, il dissimulait toujours son cœur tendre sous des airs de mec cool et distant. Aujourd'hui, il assume même sa curiosité d'adolescent attardé.

Je tarde à lui répondre. Mon hésitation n'est pas le fruit d'une pudeur quelconque, nous sommes trop proches pour ça. Si je cherche mes mots, c'est que je ne sais véritablement plus où j'en suis. Du coup, j'opte pour une réponse bâtarde :

— C'est compliqué.

Mes deux compagnons de route s'esclaffent doucement. Si nous n'étions pas en mission, je ne doute pas qu'ils en rajouteraient en hurlant de rire. Ken est le premier à reprendre son sérieux. Il murmure :

— Je comprends que vous avez besoin de parler, mais tout de même…

— Tout de même quoi ?

— On ne peut pas douter qu'il est de toi, répond Jimmy à sa place.

Au lieu de lui répondre, je lève une main pour leur intimer le silence, nous arrivons bientôt au coin de l'une des rues qui mènent à la petite place sur laquelle se trouve la maison qui nous intéresse. Cette conversation se poursuivra plus tard… ou pas, d'ailleurs. Il s'agit de questions qui ne regardent que Sasha et moi, alors même s'ils ont les meilleures intentions du monde, je ne tiens pas à m'étendre sur le sujet avec eux.

Nous avançons doucement le long de la petite rue sinueuse jusqu'à parvenir au point où nous pouvons apercevoir la place. Le garde que Youri a laissé devant la porte est assis par terre, manifestement assoupi. Nous avons de quoi l'aider à continuer sa nuit avec un sommeil bien plus réparateur. Un des deals que nous avons dû faire avec la gendarmerie était de mettre de côté l'artillerie lourde. Nous avons donc remplacé les balles par des doses de somnifères. Pas de quoi endormir un éléphant… juste le ralentir.

Jimmy se met en position et tire. Notre première victime ouvre les yeux et porte la main à son cou. Dans son demi-sommeil il doit se dire que les moustiques provençaux sont drôlement costauds. Le temps qu'il tâtonne et retire la petite fléchette, il est déjà trop tard. Il replonge dans sa torpeur sans donner l'alerte. Bon, ça nous fait déjà un gars en moins à gérer.

Comme prévu, la porte de l'immeuble à droite de celui qu'occupe Youri a été laissée entrouverte par le voisin qui a accepté de quitter son domicile au milieu de la nuit sans broncher, et rejoint le poste de commandement de la gendarmerie situé de l'autre côté de la colline. Si tout se passe comme prévu, il va y rester jusqu'à 6 heures du matin, heure à laquelle les forces de l'ordre auront la possibilité d'intervenir et lanceront leur attaque.

Avant leur intervention, nous disposons d'une fenêtre de tir de dix minutes pour tenter de récupérer Vadim par nos propres moyens, et nous entendons bien la mettre à profit.

Silencieusement, nous pénétrons dans la maison. Il nous faut moins d'une minute pour trouver la cave. Le temps de nous repérer, et bien évidemment, le mur mitoyen est celui contre lequel le propriétaire a appuyé sa cave à vin.

La faire basculer sur le sol serait sans doute la façon la plus rapide de dégager l'espace, mais aussi la plus bruyante. Nous n'avons pas le choix, il faut dégager les bouteilles une par une. À trois, il nous faut bien cinq minutes pour enlever tout le haut des casiers à bouteilles. À ce rythme-là, nous n'y arriverons jamais avant que les gendarmes débarquent.

— À trois on devrait pouvoir lever ce qui reste, remarque Ken en testant les montants en métal du casier à bouteilles.

— Il n'y a qu'un moyen de le savoir, répond Jimmy en se positionnant de l'autre côté.

Je me place devant et me saisis de la barre centrale.

Un, deux, trois, et nous déplaçons le tout de quelques centimètres.

— Encore une fois, dit Jimmy. Un, deux, trois. Encore quelques centimètres de gagnés.

— Laisse-moi regarder, dit Ken en balayant le mur avec sa lampe torche. Oui, je crois que je vois l'ouverture.

Avec la pointe de son couteau commando, il gratte un peu et, bingo, la fine couche de plâtre s'effrite.

Sans le mur pour faire barrière sonore, c'est par gestes que Jimmy synchronise notre dernier effort. L'espace dégagé n'est pas vaste, mais tout de même suffisant pour nous permettre d'agrandir l'ouverture et de pénétrer dans la cave de la maison voisine. Celle-ci est vide et d'une propreté impressionnante pour un sous-sol en pleine campagne.

À la file indienne, nous remontons les marches. Avec une lenteur infinie, j'entrouvre la porte palière.

Comme nous l'imaginions, il y a bien deux gardes au rez-de-chaussée, l'un installé devant la porte qui s'ouvre vers la rue, et l'autre appuyé contre la porte qui mène au jardin. L'un et l'autre sont profondément endormis.

Vu l'heure, ça n'a rien de surprenant, mais tout de même, je m'attendais à plus de professionnalisme de la part de Youri. Sans doute a-t-il été forcé d'improviser en utilisant des mecs engagés à la dernière minute.

Ken et Jimmy avancent de façon synchronisée pour les neutraliser pendant que je monte à toutes jambes jusqu'à l'étage.

D'après les plans de rénovation que nous avons étudiés, il y a deux chambres et une salle de bains.

J'ouvre la première porte.

La lumière du réverbère de la place illumine assez la fenêtre pour me permettre de voir que cette pièce est vide. Rien, personne, pas même un meuble.

Retenant mon souffle, je pousse la porte de la seconde chambre.

Dans celle-ci les volets sont fermés, mais la lumière du palier qui filtre dans la pièce me permet de constater qu'elle est aussi peu meublée que la première.

La différence est qu'il y a une forme au sol, une forme allongée dissimulée sous une couverture.

Soudain j'ai le cœur serré. Tout ça est bien trop facile.

D'un mouvement brusque, je tire sur la couverture…

Comme je le craignais, ce n'est pas Vadim qui repose sur le sol de la pièce.

C'est un animal en peluche qui repose sur deux oreillers.

Sous la peluche, une grande enveloppe adressée à Sasha.

Youri nous a bien eus !

29

SASHA

— Ça fait un moment qu'ils sont en silence radio, non ? demandé-je à Andrea.

Les minutes défilent et je suis rongée par l'angoisse. Et le fait de ne pas avoir de nouvelles n'arrange rien.

— Il leur a peut-être fallu plus de temps que prévu pour accéder à la cave, ils ne peuvent pas se permettre de parler dans la maison, ce serait trop dangereux.

Je connais assez Andrea pour savoir qu'il est en train de me raconter des bobards, et qu'il n'y croit pas.

— On devrait peut-être y aller ? Voir s'ils n'ont pas besoin d'un coup de main ?

Andrea tourne la tête dans ma direction.

— D'après les traceurs GPS, ils sont toujours là-haut. Et s'ils étaient pris dans une fusillade, on l'entendrait d'ici. On n'a pas d'autres solutions qu'attendre.

— Oui, mais…

Cette fois-ci, le regard qu'il me lance n'a rien d'amical.

— Tu vois, c'est exactement pour ça que les civils ne sont pas admis sur les opérations, en temps normal.

— Les civils ? Depuis quand tu fais partie de l'armée ?

Il a l'air plus ennuyé que vexé par ma remarque.

— Je veux dire, des personnes étant partie prenante dans l'enquête : des proches ou de la famille.

— Ted y est bien, lui, marmonné-je.

Andrea soupire.

— S'il te plaît, Sasha, tais-toi.

— Ça va, pas besoin de le prendre comme ça, bougonné-je.

Il appuie sur mon épaule pour me forcer à m'accroupir.

— Non, je veux dire, tais-toi, je crois qu'on n'est pas seuls, grince-t-il entre ses dents.

Cette fois-ci j'obtempère sans broncher, et effectivement j'entends un léger craquement. C'est à peine décelable, je dirais même impossible pour quelqu'un qui n'a pas une oreille avertie. Le froissement d'une brindille qui pourrait très bien passer inaperçu au milieu des dizaines d'autres bruits nocturnes.

Andrea et moi échangeons un coup d'œil. Les sons se rapprochent, on détecte très nettement des pas. Ceux-ci proviennent non pas de la route, je pense, mais plutôt de la forêt de l'autre côté de la route.

Mon compagnon me fait signe pour m'indiquer

qu'il va contourner la voiture pour essayer d'avoir une meilleure vue sur notre éventuel visiteur.

Il avance accroupi en faisant attention de ne pas se faire repérer. Il est méthodique et fait en sorte de ne pas se montrer subitement à découvert. Pour ma part, les battements de mon cœur s'emballent. Je me rends compte avec effroi que je n'ai même pas d'arme pour me défendre. Andrea, lui, a déjà sorti son pistolet, mais qu'est-ce que je vais faire si jamais nous sommes pris dans des tirs croisés ? Attendre gentiment de me faire descendre ? Pire, regarder mon ami se faire prendre pour cible sans pouvoir répliquer ?

J'essaye de réfléchir rapidement à ce que je pourrais tenter. Je suis sur le bord de la voiture, côté talus. Les armes sont dans le coffre, mais si je passe à l'arrière, je risque de me faire repérer. Soudain j'ai une idée, si Ted a gardé ses habitudes, il doit y avoir une arme dans la boîte à gants. Doucement, j'essaye de déverrouiller la portière et de l'entrouvrir. J'adresse une prière silencieuse à tous les concepteurs de véhicules haut de gamme qui œuvrent chaque jour pour les rendre les plus silencieux possibles.

Quand elle est assez ouverte pour que j'y glisse mon bras, je plonge celui-ci et cherche à tâtons la petite boîte. Je la trouve facilement, et quelques secondes plus tard, ma main rentre en contact avec un objet en métal froid.

Merci Ted.

Je tire l'arme vers moi, ne claque pas la portière pour être certaine qu'elle ne fasse pas de bruit. J'ouvre la chambre du pistolet, il est chargé, je l'arme. Je m'apprête à me déplacer vers l'avant de la voiture lorsqu'Andrea m'appelle d'une voix étouffée :

— Sasha !

Mais qu'est-ce qu'il fait ? Il est malade ?

Je me décale, et m'aperçois qu'il n'est pas très loin de moi, totalement à découvert et un sourire niais sur le visage. Il me désigne quelque chose du doigt :

— Regarde, chuchote-t-il.

J'examine dans cette direction et vois en premier lieu une masse qui bouge. Je plisse les yeux pour mieux distinguer.

— C'est…

— Un sanglier, me confirme-t-il.

OK, donc notre mystérieux assaillant est… un sanglier.

Toute la tension qui m'habitait se relâche d'un coup, et quand je croise à nouveau les yeux d'Andrea, il suggère :

— Je crois que tu peux ranger ça.

Je ne m'étais même pas rendu compte que j'étais encore en position d'attaque avec mon arme. Je désenclenche la balle du barillet, et tout à coup l'ironie de la situation me percute. Un autre échange de regards avec Andrea et… nous éclatons de rire.

Mais soudainement, il s'arrête. Je le vois porter la main à son oreillette, et son expression redevient sérieuse.

— Bien reçu, répond-il en se redressant.

— Ils arrivent ?

— Oui, Ted vient de reprendre le contact, ils seront là dans deux minutes tout au plus.

Le sanglier, certainement apeuré par nos rires, a déjà pris la poudre d'escampette. Tant mieux, je ne suis pas très fan de ces bêtes, et ils peuvent devenir agressifs s'ils se sentent menacés.

Je ne peux m'empêcher d'aller au milieu de la route déserte pour tenter d'apercevoir l'équipe, même si ça ne changera pas grand-chose. Je suis impatiente. Dans quelques secondes tout au plus, je pourrai à nouveau serrer mon petit garçon dans mes bras.

Les silhouettes de trois hommes adultes se dessinent dans la nuit, ils arrivent au pas de course. Je suppose que l'un d'entre eux doit porter Vadim, j'espère qu'il n'a pas été trop effrayé par l'assaut. Ils ne sont plus qu'à quelques mètres, je reconnais Ted. Il a les mains vides. Jimmy, puis Ken sont sur ses talons.

Mais ?

Ted est devant moi, à peine essoufflé par sa course. Il pose ses mains de part et d'autre sur le haut de mes bras, mais je n'y prête pas trop attention. Ma tête tourne comme une girouette.

Où est…

— Sasha, dit Ted.

Mais je ne l'écoute pas, je continue de scruter la nuit.

— Sasha, répète-t-il.

Mon cerveau me hurle une question, mais c'est Andrea qui la pose à voix haute :

— Où est Vadim ?

Je pivote et croise à nouveau le regard de Ted. Et là, je comprends.

Au fond de ses yeux et malgré le faible éclairage, je vois qu'il y a quelque chose qui ne va pas. Il ne cherche même pas à le masquer.

— Non ! hurlé-je.

Je suis incapable de décrire la sensation qui s'empare de moi. Je n'ai jamais eu si peur, si froid de toute ma vie.

— Vadim !

Je crois bien que c'est moi qui ai crié, mais je n'en suis pas certaine. Je sens des bras m'enserrer et une voix me murmurer à l'oreille :

— Ils ne le gardaient pas ici.

Mais les mots n'ont pas vraiment de sens.

— Sasha, on va le retrouver. Il est toujours en vie.

Je m'écroule, et la voix me répète :

— Il va certainement très bien. On va le retrouver, je te le promets.

Je n'arrive même pas à pleurer. J'ai tellement froid, je suis vide.

Mais malgré mon état, ce qu'il est en train de me dire finit par monter jusqu'à mon cerveau.

— Comment tu peux le savoir ? demandé-je d'une voix que je reconnais à peine.

— Il y avait une lettre, Youri a laissé une lettre.

30

TED

C'est presque au ralenti que Sasha prend la lettre que je lui tends. Elle regarde un moment la feuille pliée en deux, comme si elle hésitait à l'ouvrir de crainte de ne pouvoir supporter son contenu, puis elle se décide. Le mot est bref, si bref qu'une seule lecture m'a suffi pour qu'il reste gravé dans ma mémoire.

Andrea se rapproche de Sasha pour tenter de lire par-dessus son épaule, puis constatant que c'est du cyrillique, il lève les yeux vers moi.

Sasha lit à haute voix :

— Il a écrit : « Amusant le coup de la puce, mais si tu avais imaginé un instant m'avoir comme ça, c'était bien mal me connaître. Le petit va bien, nous t'appellerons tous les deux en fin de journée pour avoir des nouvelles de ta chasse au trésor. Ton cousin adoré, Youri. »

Si j'en crois l'expression sur son visage, Andrea a la même réaction que moi, il est rassuré par le contenu de ce message. Certes, on ne peut nier qu'il est menaçant, mais tout de même, il permet d'avoir une certitude : au moins jusqu'à ce soir, Youri ne va pas toucher à un cheveu de la tête de Vadim.

Je sais que, si elle réfléchissait posément, Sasha le comprendrait aussi, mais là, la seule chose qu'elle voit, c'est que nous n'avons pas retrouvé Vadim.

— Viens, lui dis-je, en l'amenant jusqu'à la banquette arrière de la voiture. On va rentrer à la maison.

Elle ne me répond pas, mais me suit tout de même. Je lui attache sa ceinture comme je le ferais pour une enfant et m'installe à côté d'elle. Le reste de l'équipe rejoint l'autre véhicule, mis à part Andrea qui prend le volant.

— Sasha ?

Elle tourne la tête vers moi, mais ses yeux sont vides. Elle est sous le choc. Il faut qu'elle dorme au moins quelques heures, et là, je crains qu'elle ne s'y autorise pas. Alors, j'envoie un nouveau message à Olivier pour lui demander de nous faire parvenir une ordonnance pour un léger sédatif avant de la prendre dans mes bras. Sasha s'y blottit sans rien dire. L'avoir si proche réveille en moins un torrent d'émotions, mais ce n'est ni l'heure ni le lieu de les analyser. Il faut que je garde la tête froide pour continuer de réfléchir à la situation d'un œil objectif, et trouver une solution pour libérer Vadim et m'assurer que Youri ne posera plus jamais de problème à Sasha… ou à qui que ce soit d'autre, d'ailleurs.

Le trajet du retour se fait dans le silence le plus complet jusqu'à ce que mon téléphone sonne.

Je fais signe à Andrea de prendre la communication, sans vérifier l'identifiant de l'appelant. Vu l'heure, il ne peut s'agir que du bureau.

— Ted ?

Je reconnais la voix de Mai-Lan.

— Oui, je t'écoute, lui dis-je.

— Vous l'avez trouvé ? demande-t-elle.

— Non, nous avons sa peluche, mais pas Vadim, lui répond Andrea.

— Et vous êtes sur le chemin du retour, observe-t-elle.

Je comprends alors que j'aurais dû prévenir le reste de l'équipe. Depuis le bureau ils ont dû voir que la puce s'était remise en mouvement.

— Vous avez pu avancer ? demande Andrea.

— Oui, Nathan a testé les mots de passe que nous a laissés Sasha, et il n'y en a qu'un seul qui ne fonctionne pas. Un des chefs a eu l'intelligence de le changer, et c'est justement ça qui inquiète Nathan. Il se demande si maintenant que l'alerte a été donnée, ils ne vont pas tous faire pareil.

Effectivement, c'est un souci légitime. À leur place, informé que quelqu'un a bidouillé les comptes et s'est servi au passage, une des premières choses que je ferais serait de modifier tous les mots de passe connus du voleur. L'un d'entre eux y a déjà pensé. Il y a de fortes chances pour que les autres le fassent aussi.

— Nathan a une idée, continue Mai-Lan. Il propose de changer les mots de passe lui-même pour nous préserver un accès au compte, quitte à remettre les anciens lorsqu'on aura décidé d'une stratégie.

— C'est une excellente idée ! déclaré-je. Je suis d'accord, dis-lui de le faire tout de suite. Pour le reste, on verra une fois sur place.

Mai-Lan met fin à la conversation et le silence se fait à nouveau dans la voiture, jusqu'à ce que Sasha murmure en se redressant :

— Il faut que j'aille voir Natasha.

— Natasha ? demande Andrea.

Merde, merde et merde.

Je n'ai pas eu le temps de prévenir les autres ni d'expliquer à Sasha que nous étions responsables de la mort de son frère.

— C'est la mère d'Arkady, répond Sasha.

— Arkady Ouchkine ? s'étonne Andrea. Qu'est-ce qu'elle vient faire dans cette histoire ?

— Arkady était le demi-frère de Sasha, expliqué-je.

Il ouvre la bouche pour parler, mais avant qu'il ne puisse dire un mot, je reprends la parole.

— Le père de Sasha a eu une liaison prolongée avec Natasha Ouchkine, et nous nous demandons si ce n'est pas à elle qu'il aurait confié ses dernières volontés, à savoir de virer le solde de son compte sur celui qu'il a créé pour Vadim.

Tout en parlant, je secoue la tête doucement de droite à gauche pour tenter de faire comprendre à notre compagnon de voyage que Sasha ne sait rien de la mort de son demi-frère.

Mais Andrea, les yeux fixés sur la route, n'a pas capté mon signal, alors sans se douter qu'il est en train d'avancer en terrain miné, il m'interroge :

— Et ce solde, il est suffisant pour couvrir la rançon demandée par Youri ?

Je respire, aucun souci pour répondre à cette interrogation.

— On n'en sait rien, mais on l'espère.

Andrea ne remarque pas que je lui lance des regards noirs pour tenter de le faire taire et pose une autre question :

— Et cette Natasha, on a une idée d'où la trouver ?

Heureusement, celle-ci ne prête pas non plus à conséquence.

— Oui, elle habite Cannes, juste en face du Palm Beach. Arkady avait investi dans l'immobilier et mis l'ensemble de ses acquisitions au nom de sa mère…

Je continue de broder sur l'état du patrimoine immobilier d'Arkady. Toutes ces informations sont sans aucun intérêt, mais elles ont l'avantage de meubler et d'empêcher Andrea de parler.

Nous sommes arrivés devant l'entrée du parking souterrain de l'immeuble lorsque je finis par être à cours de choses à raconter. Et c'est juste au moment où je commence à me détendre en me disant qu'on a évité le pire, qu'Andrea pose la question qui tue :

— Et tu as une idée de la façon dont tu vas convaincre Natasha de vous aider ? Moi, je serais à sa place, je n'accepterais même pas de te recevoir !

31

SASHA

J'entends vaguement que Ted et Andrea discutent. De quoi ? Je ne sais pas vraiment. À un instant, ils prononcent le nom de mon demi-frère, je sens qu'Andrea est tendu, mais honnêtement je n'y prête pas attention. La seule chose à laquelle je suis en mesure de penser, c'est que mon petit garçon est sans moi quelque part avec cette ordure de Youri.

C'est idiot, mais même si c'est la dernière personne à laquelle j'aurais confié mon fils, le savoir avec lui me rassure. Ils se connaissent tous les deux, et savoir que Vadim aura au moins un visage familier près de lui est la seule consolation que j'ai.

Ted m'entraîne avec lui dans l'ascenseur, il pourrait bien m'emmener où il veut, je n'y ferais pas attention. Mais tout de même, quand nous sortons de celui-ci, je constate que nous ne sommes pas dans son appartement.

— Pourquoi nous sommes ici ?

Il ne s'agit pas non plus d'un des autres appartements de l'immeuble appartenant à *Riviera Security*, celui-ci est décoré avec goût et de façon tout aussi moderne, mais il y a une différence de taille : quelqu'un vit ici. Il y a des photos dans des cadres, des peintures au mur, des livres sur la table basse du salon.

— Nous sommes chez mon ami Olivier.

Comme je fronce les sourcils, il précise :

— Notre appartement est compromis et l'équipe scientifique est toujours en train de prélever des indices. Et comme je ne sais pas ce qu'ils ont récupéré comme accès, il est hors de question qu'on aille dans un des endroits habituels. Et au moins, ici on est à deux étages du QG.

Je hoche la tête comme si tout cela faisait sens, franchement, je me moque un peu des détails techniques à cette heure-ci. Ted poursuit :

— Olivier m'a proposé de t'installer dans la chambre d'amis pour que tu puisses te reposer un peu, dit-il en ouvrant une porte.

— Et toi, où est-ce que tu vas ? demandé-je soudainement.

Le soleil est déjà levé et il n'a pas plus dormi que moi, je sais qu'il n'est pas un gros dormeur, mais tout de même.

— Je vais rejoindre l'équipe pour…

— Reste avec moi, le coupé-je.

Il ne répond rien, et j'insiste :

— S'il te plaît.

Cette fois-ci il acquiesce d'un signe de tête.

Je pénètre dans la pièce, Ted sur mes talons. J'ôte mes chaussures et me laisse tomber sur les couvertures. Je n'ai pas la force d'essayer de me glisser à l'intérieur. Ted s'installe à mes côtés et après une petite hésitation, m'attire vers lui. Je pose ma tête sur son torse, et les larmes que je retiens depuis des heures finissent par couler. En quelques secondes elles se transforment en sanglots désespérés. Lui se contente de caresser doucement mes cheveux, et c'est tout ce dont j'ai besoin. Pas de fausses promesses, pas d'affirmations que tout va s'arranger bientôt. Il se contente d'être là, et de me laisser exprimer ma souffrance. Et au milieu de tout ça, je finis par m'endormir.

Quand je me réveille, le soleil est haut, mais Ted est toujours là. À peine un œil pour l'observer, qu'il ouvre les siens.

— Tu n'as pas perdu ton habitude de ne dormir que sur une seule oreille, constaté-je.

— Je doute que ça arrive un jour, dit-il avant de se pencher pour attraper son téléphone.

— Des nouvelles ?

Il secoue la tête. Je constate qu'il y a plusieurs messages de l'équipe, mais apparemment rien qui ne vaut la peine d'être partagé avec moi.

— Il faut qu'on aille voir Natasha, déclaré-je en m'asseyant pour quitter le lit.

— Oui, je vais organiser ça. Je pense que James t'accompagnera et peut-être Élodie.

Cette déclaration m'étonne. J'aurais pensé qu'il enverrait plutôt Jimmy ou Ken, ou même…

— Tu ne viens pas ?

Il se lève pour contourner le lit, et vient se planter juste devant moi. Je sens qu'il y a quelque chose qui ne va pas, il est tendu et il me scrute comme si j'étais une grenade sur le point d'exploser.

— Sasha, on n'a pas vraiment eu le temps d'en parler, et surtout je ne savais pas trop comment te le dire…

Toute conversation qui commence comme ça ne continue jamais comme une promenade de santé. Mon cerveau commence à échafauder différents scénarios. Et au milieu de tous, l'un d'eux me percute comme un train lancé à vive allure. Il ne me faut qu'une seule seconde pour me convaincre qu'il s'agit sûrement de ça : sa gêne, le fait qu'il n'en ait pas parlé avant… Il va m'annoncer qu'il ne peut pas venir, car il a une femme à retrouver quelque part. Ça fait trois jours qu'il est coincé avec moi, alors il a décidé que c'était assez.

Mais tout de même, pourquoi m'a-t-il embrassée hier ?

Ce n'était qu'une diversion pour me remonter le moral avant l'assaut ! Il savait que ça me permettrait de penser à autre chose qu'au fait que mon fils était retenu par des truands armés jusqu'aux dents. Le salaud ! Il s'est joué de moi !

— Punaise, tu es vraiment un enfoiré de première, lâché-je entre mes dents serrées.

Le pire dans tout ça ? C'est qu'il en est conscient, car il ne proteste pas. Est-ce qu'il va dire à sa copine qu'il m'a embrassée alors qu'elle l'attendait bien sagement à la maison ?

— Ce n'était pas intentionnel.

— Mais bien sûr, réponds-je sur un ton acerbe. Tu ne fais rien qui ne soit pas calculé, Ted.

— Je te jure que je n'étais pas au courant, et quand tu en as parlé hier, ce n'était pas le moment.

— Donc ton fils est retenu par un des malfrats russes les plus dangereux qui existent, et toi, la seule chose à laquelle tu penses, c'est d'aller retrouver ta pouf ? Tu sais quoi, tu as raison, va la voir. Vadim ne mérite pas un père comme toi, il mérite beaucoup mieux. Une fois cette histoire terminée, sois certain qu'on disparaîtra de ton champ de vision, lui et moi.

Il m'observe en clignant des yeux et dit :

— Mais enfin, de quoi tu parles, Sasha ?

— Du fait que tu préfères aller retrouver…

— Je ne vais retrouver personne ! Qu'est-ce que tu t'es imaginée ? J'allais t'expliquer que je ne pouvais pas t'accompagner chez Natasha !

— Ah oui ? Et pourquoi ?

Il prend une grande inspiration et déclare :

— Parce que je suis certainement une des personnes qu'elle hait le plus au monde, et que tu seras probablement de son avis toi aussi quand tu sauras.

— Quand je saurai quoi ?

Il m'observe comme si c'était la dernière fois qu'il

me voyait ainsi, comme si la seconde suivante, tout allait basculer.

— Je suis en partie responsable de la mort de ton frère, Sasha. Si Arkady Ouchkine n'est plus de ce monde, c'est parce que Jimmy, Ken et moi avons fait en sorte qu'il ne puisse plus nuire à personne.

32

TED

Sasha fronce les sourcils et demeure silencieuse.

Si l'heure n'était pas si grave, j'aurais presque envie de rire. C'est insensé qu'elle ait pu imaginer une seconde que je refusais de l'accompagner pour aller retrouver une autre femme. J'aime sa jalousie, c'est la meilleure preuve qu'elle tient encore à moi… Je crains de devoir rapidement conjuguer cette phrase au passé.

— Pourquoi ? Comment ?

Pour le moment, son visage reflète plus l'incompréhension que l'horreur.

— Il avait séduit Madison et s'apprêtait à la vendre aux enchères…

— Madison ? Notre Madison ? La sœur de Ken ?

— Oui, quand on est intervenus pour la libérer, il y a eu une fusillade et… le lendemain, ton frère est mort à l'hôpital des suites de ses blessures.

— Il allait vendre Madison ?

— Madison et une douzaine d'autres filles. Nous avons réussi à en libérer quelques-unes, mais pas toutes. On savait que plusieurs d'entre elles nous avaient échappé. Et d'ailleurs, pour délivrer Tiffany on a dû…

— Attends, je ne comprends rien. Qu'est-ce que Tiffany a à voir avec cette histoire ?

À l'évidence, je ne suis pas très clair dans mes explications, alors je reprends.

— Tiffany aussi a été victime de ton frère. Il l'a séduite et puis il l'a vendue à un maffieux italien qui voulait faire pression sur son père… c'est compliqué.

Sasha ferme les yeux et se frotte les tempes.

— Je suis désolé. J'aurais dû t'en parler. J'aurais dû te le dire tout de suite, enfin quand tu m'as appris qu'Arkady était ton demi-frère. Mais j'ai préféré attendre. Nous venions juste de nous retrouver. J'ai pensé que ce n'était pas le bon moment pour t'expliquer ce qui s'était passé, et puis ensuite…

Je laisse ma phrase inachevée, parce qu'ensuite nous avons commencé à courir dans tous les sens pour trouver une solution afin de réparer les détournements de son père, et puis le sien aussi. Et ça, je préfère le passer sous silence. En parler reviendrait à jeter de l'huile sur le feu. La dernière chose dont Sasha a besoin, c'est que quelqu'un lui rappelle qu'elle est en partie responsable de la situation dans laquelle elle est aujourd'hui, et donc de l'enlèvement de Vadim.

Sasha rouvre les yeux et secoue la tête lentement.

— Si je ne t'ai rien dit, c'est surtout que j'avais peur que tu disparaisses à nouveau. Je venais juste de te retrouver et il y avait déjà tant de tension entre nous, tant de choses à régler…

— Tais-toi !

La violence de son ordre est telle que j'en déduis que tout est terminé.

Il est vrai qu'en la revoyant et en rencontrant ce petit bonhomme qui me ressemble, il y a eu un moment où j'ai envisagé un avenir à deux… ou plutôt à trois. Mais cet espoir fou que j'avais laissé naître s'est brisé. Je ne peux pas lui reprocher sa réaction. Je suis fils unique, mais je la comprends tout de même, qui sait comment je réagirais si elle m'annonçait avoir tué Ken ou Jimmy ? Sans doute avec le même air de dégoût qui s'affiche sur son visage.

Malgré l'immense froid que je sens m'envahir, je n'ai aucun regret.

Bien au contraire, je suis plutôt fier de ce que nous avons fait. Nous avons mis Arkady hors d'état de nuire. Plus aucune jeune femme ne verra sa vie détruite pour avoir succombé à son charme.

Je me dirige vers la porte de la chambre, lorsque Sasha me barre la route.

Elle pose ses deux mains sur mes épaules et me regarde dans les yeux.

— Je sais que je viens d'une famille de monstres, me dit-elle avec des sanglots dans la voix. Mon père en était un. Mon frère aussi. Je ne sais pas lequel des deux était le pire. Mon père, pour avoir confié à son fils la direction de la maison de passe où travaillait Natasha, ou alors Arkady pour avoir laissé celle-ci continuer à se prostituer.

Sasha s'essuie les yeux avec le dos de la main, et reprend son autoflagellation.

— J'ai bien peur que ça soit dans notre sang. Si je suis honnête avec moi-même, je dois reconnaître que je ne vaux pas mieux qu'eux. Après tout, moi aussi j'ai abusé de la confiance des gens qui m'aimaient. D'abord, lorsque j'ai détourné l'argent de mon père, et ensuite, lorsque je t'ai volé ton fils.

J'ouvre la bouche pour protester, et elle place sa main sur mes lèvres pour me faire taire.

— Si mon père n'était pas mort, tu n'aurais toujours aucune idée de l'existence de Vadim, alors non, je ne vais pas te reprocher d'avoir débarrassé la planète de mon frère. Ton équipe et toi, vous avez rendu un service à l'humanité tout entière.

Elle pose alors la main sur sa propre bouche et fait un pas en arrière.

— Tu ne leur as rien dit ? Tu as laissé Jimmy et Ken risquer leur vie pour moi alors que mon frère avait tenté de détruire la vie de Tiffany et celle de Madison ? Oh non ! Je suis morte de honte, je, je…

Sasha éclate en sanglots. Un pas en avant, et je la serre dans mes bras.

Un poids immense vient de s'envoler.

Le dégoût qui s'affichait sur son visage n'était pas pour moi, mais pour son frère, pour elle aussi sans doute. Comme si elle était responsable des crimes commis par les hommes de sa famille.

— Tu n'as rien d'un monstre, murmuré-je tout bas. L'argent que tu as volé, tu ne l'as pas pris pour toi, mais pour de bonnes causes, et je comprends aujourd'hui que si tu es partie, tu l'as fait la mort dans l'âme. Tu l'as fait par amour, pour me protéger. Et c'est aussi pour protéger ton fils… notre fils, que tu l'as caché loin de moi.

Les yeux pleins de larmes, Sasha relève la tête pour me regarder.

— Je t'aime, tu sais, je t'ai toujours aimé.

— Je sais, lui dis-je en faisant ma meilleure imitation de Han Solo.

Cette réplique de Star War l'a toujours exaspérée.

Un faible sourire se dessine sur ses lèvres et c'est tout ce que j'attendais pour y poser les miennes.

33

SASHA

Je suis soulagée que Ted m'ait envoyée chez Natasha à Cannes, accompagnée de James. Après ce que je viens d'apprendre, je n'aurais pas été capable de regarder Ken ou Jimmy dans les yeux. Cependant, ils ne sont pas loin. Au cas où l'entrevue avec l'ancienne maîtresse de mon père tournerait court, ils sont prêts à intervenir dans la minute.

Ted gare la voiture sous un pin parasol. Il se tourne vers moi et désigne un immeuble blanc des années soixante, impeccablement entretenu.

— C'est ici, cinquième étage.

J'aurais pu le deviner, étant donné que nous avons étudié au préalable les vues satellites, et toutes les informations disponibles sur ce complexe pour être certains de ne rien laisser au hasard. Mais je sais que lui comme moi sommes stressés par cette rencontre. Si Natasha n'est pas en mesure de nous aider avec les identifiants du compte, qui le pourra ?

James a déjà quitté l'habitacle, et je m'apprête à faire de même quand Ted me retient.

— Ne prends pas de risques inutiles.

Je lis au fond de ses grands yeux bleus une inquiétude que j'ai rarement vue chez lui. Je hoche la tête, je ne vais pas lui mentir. Parce que ma réponse serait : pour mon fils, je serais prête à prendre tous les risques qu'il faut.

Nous nous éloignons de la voiture, et James marmonne quelques mots rapides à l'intention de l'équipe. Nous sommes tous les deux équipés d'une oreillette hyper discrète, et d'un micro. Ted pourra suivre la conversation comme s'il était sur place, avec nous.

Nous sonnons et la porte de l'immeuble se déverrouille. Nous ne débarquons pas chez Natasha par surprise, mais sous un faux prétexte. Elle n'a aucune idée que je serai là. Du moins, c'est ce que je crois jusqu'à ce qu'elle ouvre la porte.

— Sasha, dit-elle en m'apercevant. Je t'attendais.

James me lance un regard en coin, et je lui fais signe que je n'en sais pas plus que lui.

Nous pénétrons dans un appartement à la décoration clinquante, comme ces magasins de la Croisette où se côtoient antiquités et œuvres d'art bariolées. J'aurais tendance à dire que c'est de mauvais goût, mais je pense que c'est surtout la revanche d'une femme qui ne possédait rien, et qui veut maintenant montrer qu'elle a les moyens de s'offrir une vie extravagante.

Natasha dit quelques mots en russe à une servante

dont l'uniforme était certainement adapté à la cour des tsars, un peu moins au service sur la Côte d'Azur au XXIe siècle. Elle nous rejoint ensuite au salon. Elle se déplace lentement, ce qui me laisse tout le temps de l'observer.

Je ne l'ai pas vue depuis des années, pas depuis que j'étais retombée sous le joug de mon père. Les années lui ont apporté quelques rides, le soleil méditerranéen aussi, sans aucun doute. Sa peau a cette teinte spécifique des gens du coin, souvent issus d'ailleurs, qui une fois la retraite arrivée passent leurs journées à la plage ou en terrasse, été comme hiver.

Elle porte une tunique ample colorée, et des bracelets dorés autour des poignets qui tintent lorsqu'elle se laisse presque tomber dans une causeuse en velours moutarde.

La servante revient avec un plateau sur lequel trône tout un nécessaire à thé, et d'appétissants petits biscuits. J'attends qu'elle ait fini de nous servir avant de prendre la parole. Déjà, parce que je ne tiens pas à parler devant elle, ensuite parce que je n'ai toujours pas décidé quelle était la meilleure approche pour aborder le sujet avec Natasha. Car si elle n'est au courant de rien, autant ne pas trop en dévoiler. Dieu seul sait à qui va sa loyauté, ces derniers jours. Surtout au regard des récentes informations au sujet de la mort d'Arcady. Pour autant que je sache, nous sommes peut-être au beau milieu d'un piège.

Mais dès que l'employée de maison quitte la pièce, c'est Natasha qui lance :

— Ton père pensait que tu mettrais plus de temps pour remonter jusqu'à moi.

— Vraiment ?

Elle fait un geste de la main, et déclare avec un sourire entendu :

— Les hommes ont toujours tendance à nous sous-estimer. Désolé, Monsieur, ajoute-t-elle à l'intention de James, mais c'est la vérité.

— Et vous avez totalement raison, répond-il.

Je ne sais pas s'il le pense vraiment, ou s'il est trop poli pour contredire une vieille dame, mais Natasha semble mordre à l'hameçon. Elle plisse les yeux et l'inspecte d'un peu plus près.

— C'est vous, le père de Vadim ? Vous n'avez pas l'air de lui ressembler. Je vous imaginais plus…

— Ce n'est pas lui, la coupé-je avant qu'elle ne sorte quelque chose de terriblement embarrassant et dont je la crois capable. Mais comment connais-tu Vadim ?

Elle m'observe comme si ma question était totalement stupide.

— Ton père m'envoyait des tas de photos. Et quand j'étais à Moscou, je suis venue leur rendre une petite visite.

Je n'étais pas au courant de cette rencontre qui a dû avoir lieu quand j'étais absente, et j'ai du mal à imaginer mon père en grand-père gaga qui envoie des clichés de son petit-fils à ses amis. Mais bon, je ne suis plus à une surprise près, ces derniers jours. Mais comme justement nous sommes sur le sujet Vadim…

— Natasha, Vadim a été enlevé.

J'ose espérer que même si elle fréquentait un monstre, et qu'elle en a enfanté un, il y a une petite part d'humanité en elle qui aura pitié de mon fils.

Elle arque un sourcil trop épilé et demande :

— Je suppose que c'est un coup de Youri ?

Je soupire et hoche la tête.

— Je n'ai jamais aimé ce gamin, un seul de ces regards était capable de me glacer le sang. De tous les hommes que j'ai connus, et tu sais que j'en ai rencontré, des ordures, c'est un des pires. Ton père n'était pas un saint, loin de là, mon fils non plus. Mais Youri…

Elle laisse sa phrase en suspens, et je ne sais pas si elle se rend compte qu'elle ne fait qu'augmenter mon angoisse.

— J'ai besoin…

— D'avoir accès à l'argent, finit-elle avant que j'aie pu le faire. Je me doute bien que tu n'es pas venue me voir pour deviser sur ton défunt père, et manger des pryaniki.

Je cligne des yeux, ça a l'air tellement simple que c'en est suspect. J'échange un regard avec James et je suis persuadée qu'il pense la même chose que moi. Mais Natasha se lève, et d'une démarche ralentie par l'arthrose avance jusqu'à un petit secrétaire, dans le coin de la pièce. Elle tourne la clé pour en ouvrir un des tiroirs, et après avoir farfouillé un moment dedans, en sort une enveloppe.

— Je n'ai pas mes lunettes, mais je crois que c'est celle-ci.

Elle me tend le papier et j'y lis mon prénom manuscrit. Je reconnais l'écriture de mon père. Je m'apprête à l'ouvrir, mais Natasha m'interrompt :

— Je préférerais que tu fasses ça une fois dehors. J'ai tourné cette page une bonne fois pour toutes, et je ne veux plus me retrouver de près ou de loin en relation avec les affaires de la famille Smirnov.

Autant dire que je serais prête à détaler pour pouvoir percer le mystère le plus rapidement possible, mais nous avons encore des questions pour Natasha.

— Natasha, c'est toi qui as vidé les comptes de mon père au lendemain de sa mort ?

Elle hoche la tête.

— Il m'avait laissé une série d'instructions pour le jour où…

Son visage se pare d'un voile mélancolique. Cette même expression qu'on retrouve chez les gens qui ont perdu récemment un être cher. Mais pourtant, j'ai dû mal à comprendre. C'est James qui pose la question qui me brûle la langue :

— Et vous l'avez fait, alors qu'il n'était plus là pour vous y obliger ?

Elle affiche un sourire triste.

— Je lui avais promis, je n'ai qu'une parole.

— Tout de même, je ne suis pas certaine qu'à ta place…

— N'essaye pas de te mettre à ma place. Tu ne me connais pas vraiment. Ton père est la meilleure chose qui me soit arrivée. Regarde où je me trouve, tout ça c'est grâce à lui. Je pense qu'il y a beaucoup de choses que tu ignores. Il pouvait être un monstre, mais pour moi il n'était pas cet homme-là.

— Il t'a laissée dans ce bordel pendant toutes ces années, alors qu'il lui suffisait…

— Ça, c'est ce qu'il a bien voulu laisser croire à la terre entière, et à toi aussi. La vérité est bien plus complexe. Il s'est servi de moi, comme je me suis servie de lui. Je ne te demande pas de comprendre, c'était un monde très différent, une époque différente.

— Vous récoltiez des confidences sur l'oreiller pour lui, dit James en même temps qu'il semble mettre bout à bout les éléments du puzzle.

Elle se tourne vers lui et admet :

— On était une sorte d'équipe. Il assurait ma protection, je surveillais ses ennemis qui eux-mêmes pensaient avoir accès à ses vilains petits secrets en traînant avec moi. Notre loyauté l'un envers l'autre était bien plus forte que chez beaucoup de couples.

Je ne prétends pas saisir cette espèce de logique perverse, mais je comprends mieux pourquoi il a fait appel à elle pour exécuter ses dernières volontés.

— Ton père m'a dit que tu saurais quoi faire avec l'argent. Comme tu t'en doutes, j'ai eu ma part, et elle est plus conséquente que tout ce dont je pourrais avoir besoin pour mes vieux jours. Maintenant, vous feriez bien de partir. Youri a des yeux et des oreilles partout.

Alors qu'elle nous raccompagne à la porte, elle relève les yeux vers moi et déclare :

— Je sais depuis le départ qui est le père de Vadim,

j'ai fait ma propre petite enquête. Et je crois que ton père le savait aussi.

— Il n'a jamais rien dit…

Elle hausse les épaules.

— Je pense qu'il était tiraillé entre le fait de faire de Vadim son héritier, et celui de lui laisser une chance de vivre loin de tout ça. Je n'ai pas d'autre réponse, il les a emportées avec lui.

Nous échangeons ensuite un regard, et je comprends qu'elle sait pour Arkady. Mais au lieu de dire quoi que ce soit, elle nous souhaite une bonne journée, et referme la porte.

Dès que je suis dans l'ascenseur, je déchire l'enveloppe. Il y a une lettre manuscrite, et un post-it avec une série de chiffres qui l'accompagne.

— Je rêve ou le mot de passe d'un compte sur lequel dorment plusieurs millions est inscrit sur un vulgaire post-it ?

Je voudrais lui répondre que ce n'est pas le mot de passe complet, qu'il ne s'agit que d'une partie, que l'autre, je l'ai déjà et que mon père n'avait pas besoin de me la donner. Mais je suis sans voix à cause de ce que j'ai sous les yeux. Car la clé du mystère, celle qui me permettra d'accéder au Saint-Graal, je la connais très bien : il s'agit de la date de naissance de Ted.

34

TED

Depuis la voiture, j'observe Sasha lorsqu'elle ressort de l'immeuble accompagné de James. Son expression est indéchiffrable. Que ressent-elle après sa rencontre avec Natasha ? A-t-elle découvert une facette de la personnalité de son père qu'elle ne connaissait pas ? Chaque être a sa part d'ombre et de lumière. Le père de Sasha ne fait pas exception à la règle. Ses valeurs morales étaient si particulières que, l'espace d'un instant, j'ai de la compassion pour Arkady. Je l'imagine, petit garçon, coincé entre une mère qui se prostituait, et un père qui ne le reconnaissait pas. Ses relations si particulières avec ses parents n'excusent pas les souffrances qu'il a infligées autour de lui ni son absence totale de compassion pour les femmes, mais elles le rendent plus humain.

— Ça va ? demandé-je alors que Sasha et James rentrent dans la voiture.

Ma question est stupide, enfin, mal formulée.

Bien évidemment que ça ne va pas. Tant que nous n'aurons pas retrouvé Vadim, rien n'ira.

Sasha semble tout de même comprendre que ce que je lui demande, c'est comment elle se sent après cette réunion étrange, puisqu'elle prend le temps d'y réfléchir avant de me répondre.

C'est en contemplant l'enveloppe qu'elle tient entre les mains qu'elle murmure :

— C'est très curieux, je ne sais plus trop quoi penser.

— C'est l'écriture de ton père ?

— Oui. Il m'a laissé le mot de passe. Et une lettre aussi.

À sa place j'aurais déjà déplié la lettre pour la lire. Pas Sasha, telle que je la connais, elle va attendre de pouvoir s'isoler pour prendre connaissance de son contenu. J'admire sa retenue, car je devine qu'elle doit tout de même brûler d'impatience de savoir quel est le message posthume que son père a voulu lui laisser.

Je jette un œil dans le rétroviseur et remarque que James, sourcils froncés, a les yeux rivés sur l'immeuble de Natasha.

— Tu as raison, lui dis-je. On va organiser sa protection le temps que cette affaire se règle.

— Est-ce que tu pourrais arrêter de lire dans mes pensées ? me répond James en feignant l'exaspération.

— Dès que tu cesseras de les afficher sur ton visage !

C'est en souriant que James sort son téléphone pour appeler le bureau, et faire envoyer une équipe afin d'assurer la sécurité de Natasha. Peut-être a-t-elle encore des relations bien placées au sein de l'organisation, mais qui sait si Youri n'est pas susceptible de jouer les électrons libres ? Si l'idée lui traverse l'esprit, il est tout à fait capable d'aller interroger Natasha, et ce de façon musclée. Un type qui n'hésite pas à enlever un enfant ne reculera pas devant l'idée de filer une raclée à une femme pour la faire parler.

Protéger Natasha me semble être la moindre des choses compte tenu de la loyauté dont elle a fait preuve envers le père de Sasha… et peut-être aussi parce que nous l'avons privée de son fils.

— Ils seront là dans la demi-heure, déclare James en raccrochant. Je pense que je vais rester sur place pour les attendre.

— Tu crois que Youri peut venir s'en prendre à elle ? demande Sasha.

— J'ai fait très attention pendant le trajet, mais vu la densité de la circulation, je ne peux pas exclure que nous ayons été suivis, lui avoué-je.

— Mais même s'il ne nous a pas suivis, le risque est réel, ajoute James.

— Tu as raison, mon cousin était l'un de ceux qui étaient au courant du fait que leur relation n'avait pas pris fin lorsque Natasha a pris sa retraite en France, observe Sasha.

— Je vous retrouve au bureau dès que la relève arrive, dit James en redescendant de la voiture.

Je redémarre la voiture et réfléchis à haute voix :

— Youri est un tordu, mais pas un crétin. S'il savait

pour Natasha, alors tu ne penses pas qu'il l'a déjà interrogée ?

— Si, sans doute. Tu as raison, répond-elle en me regardant.

— C'est pour ça qu'elle a immédiatement pensé à Youri, lorsque tu lui as dit que Vadim avait été enlevé.

— Et c'est peut-être également à sa visite qu'elle pensait, lorsqu'elle a affirmé que les hommes ont toujours tendance à nous sous-estimer, tu ne crois pas ?

Je hoche la tête. C'est certain que, dans le milieu de son père, il n'y a officiellement que les hommes qui occupent le devant de la scène. Je ne doute pas que, dans l'ombre, il doit bien y avoir quelques femmes qui tirent les ficelles en les influençant, mais ils préféreraient mille fois mourir que de leur laisser prendre une place au soleil.

Pour ma part, j'espère ne jamais avoir été coupable d'une telle discrimination. Certes, dans mes employés, je compte plus d'hommes que de femmes, mais c'est parce que l'essentiel du travail du gros de mes troupes, c'est de faire peur, d'être physiquement impressionnant. Dans les bureaux et pour les enquêtes, le seul critère de recrutement est la compétence et pas la présence d'un chromosome Y.

— Mais je ne disais pas ça pour toi, dit Sasha en regardant à nouveau devant nous.

Quelques secondes s'écoulent en silence avant qu'elle n'ajoute :

— Moi aussi, j'arrêterai de lire dans tes pensées quand tu cesseras de les afficher sur ton visage !

Je lui prends la main. Elle ne tente pas de la récupérer, alors je la garde dans la mienne pour le reste du trajet.

Dans quelques minutes nous serons de retour au bureau. S'il faut en croire Natasha, le code dont Sasha dispose maintenant va lui permettre de rembourser le syndicat. Une fois que le paiement sera achevé, Sasha et Vadim ne devraient plus avoir rien à craindre de leur part.

Leur machisme leur interdit d'envisager une seule seconde que ce ne soit pas son père seul qui ait détourné l'argent, et puisqu'il est mort, il ne servirait à rien d'assassiner sa fille. Bien au contraire, elle pourra servir d'exemple et leur permettre de démontrer qu'ils ne s'acharnent pas sur des innocents. Lorsqu'on règne par la peur, il faut aussi savoir faire preuve d'un peu de mansuétude. L'espoir rend les gens plus dociles. Ceux qui se révoltent sont ceux qui n'ont plus rien à espérer.

Restera alors la question de Youri.

Dans la mesure où celui-ci n'envisagerait pas une seule seconde de ne pas prendre le pouvoir s'il en a la possibilité, il ne doit pas être capable de concevoir que d'autres pourraient raisonner différemment. Pour lui, Vadim n'est pas juste un petit garçon que sa mère souhaite élever hors de l'organisation, c'est une menace. Alors peu importe que cette menace ne soit que virtuelle pour les vingt prochaines années, Youri voudra la supprimer.

Définitivement.

Ce qu'il nous faut maintenant, c'est trouver le

moyen de mettre Youri hors d'état de nuire. Et là, je crois que je viens d'avoir une idée.

Il va falloir que j'en parle avec Nathan pour savoir si elle est réalisable.

Elle nous permettrait de régler le problème…

Définitivement.

35

SASHA

— Tu veux attendre d'être à Monaco pour essayer toi-même d'accéder au compte ? demande Ted alors que le silence s'étire dans la voiture. Ou bien on peut déjà mettre Nathan sur le coup ?

— Oui, c'est peut-être plus malin de ne pas perdre de temps.

Ted compose un des numéros de Riviera Security à l'aide de sa commande au volant. Je me demande un instant pourquoi il n'appelle pas directement Nathan, mais j'ai ma réponse quand nous avons Stan au bout du fil :

— J'aurais besoin que tu me passes Nathan sur une ligne sécurisée, demande Ted.

— C'est comme si c'était fait, lui répond le jeune informaticien.

Quelques secondes plus tard, après une série de

petits bruits étranges, la voix de Nathan résonne dans l'habitacle :

— Alors, quoi de neuf ?

— On a une nouvelle piste pour craquer le code, annonce Ted.

Il m'adresse ensuite un léger signe de tête, histoire de me faire comprendre que c'est à mon tour de parler.

— J'ai essayé une série de mots de passe, sans succès. Mon père est un peu de la vieille école, il utilise toujours les mêmes sortes de combinaisons, même s'il a bien compris qu'il fallait qu'elles soient complexes, commencé-je. J'avais essayé les techniques habituelles, mais il me manquait les six derniers chiffres.

— OK, répond Nathan. J'en déduis que tu as enfin ces chiffres.

— Oui.

Je prends une inspiration, et commence à lui dicter le début de la suite. Il s'agit d'un code qui est toujours le même. Nathan répète un à un les chiffres et les lettres qui le composent.

— Et enfin les six derniers…

Je jette un petit coup d'œil en direction de Ted qui a les siens rivés sur la route. Comment va-t-il réagir quand il va entendre la suite ?

— En fait, la suite je n'ai pas besoin de te la donner par téléphone, si tu connais la date de naissance de ton patron, tu peux la rentrer dans le système, à l'européenne.

— Oh ! s'exclame Nathan apparemment surpris, sans pour autant ajouter autre chose.

Ted, par contre, fronce les sourcils et m'adresse un regard interrogatif. Je lui réponds par un haussement d'épaules. Ce n'est pas le moment d'en discuter, d'autant plus que Nathan ne met pas longtemps à nous annoncer :

— Punaise ! Ça marche !

Je me rends compte que je retenais plus ou moins ma respiration depuis un moment. Cette information est un soulagement. D'autant plus que l'expert informatique ajoute avec un sifflement :

— Eh ben ! Il vous a laissé un sacré pactole, ton papounet, Sasha.

Je sais bien que je n'ai pas besoin de lui préciser que c'est le genre de cadeau dont on se passerait bien en ce moment. À la place, je pense à mon fils.

— Tu crois que tu pourrais déjà faire le virement à Youri, histoire qu'on ne perde pas davantage de temps ?

— C'est dans mes cordes, il faut juste que…

— Attends ! le coupe Ted. Je n'ai pas eu encore le temps d'en discuter avec Sasha, mais j'ai eu une idée…

Cette fois-ci, c'est moi qui le dévisage avec étonnement.

— On te rappelle, Nathan, dit-il avant de couper la conversation sans lui laisser le temps de répondre.

— C'était quoi, cette idée ?

Il ne me répond pas, et je constate avec surprise qu'il gare la voiture sur le côté de la route. Il en descend, et je ne comprends vraiment pas ce que nous faisons là. Certes, la vue sur la mer est magnifique, mais nous n'avons pas vraiment le temps pour faire du tourisme.

Il contourne la voiture, et ouvre ma portière.

— Je dois descendre ? demandé-je.

— Comme tu veux, mais je ne voulais pas avoir cette conversation sans pouvoir te regarder dans les yeux.

OK. C'est de plus en plus étrange, mais je décide toutefois de quitter mon siège. Nous nous éloignons de quelques pas, en direction du point de vue. Comme Ted ne parle toujours pas, je commente :

— J'avais oublié que c'était si beau.

À nos pieds, la Méditerranée s'étend à perte de vue. La côte est très escarpée à cet endroit, si bien que nous avons l'impression qu'il suffirait de quelques pas pour y plonger. C'est tellement beau que je me demande si on peut devenir indifférent à ce spectacle. Moi-même, je l'ai vu des centaines de fois, étant donné que c'est le passage presque obligé pour se rendre à Monaco, et je m'en émerveille toujours. Je n'avais jamais pris conscience avant cet instant à quel point ça m'avait manqué.

Ted prend enfin la parole :

— Dans quelques minutes, Nathan va faire le virement et nous allons récupérer Vadim.

— Je l'espère, soufflé-je en pensant que si ce n'était pas le cas, je ne sais pas si je serais capable de tenir le coup.

— Youri le fera. J'en suis certain.

— Alors pourquoi on est là à perdre du temps ?

— Parce que j'ai besoin de te parler de la suite, de ce qu'il va se passer, une fois que tu auras récupéré notre fils.

Le fait qu'il ait dit *notre* fils, me donne le courage nécessaire pour lancer :

— Eh bien, je suppose que ça va dépendre de tes plans à toi.

Les yeux de Ted se posent sur moi, et je pourrais fondre en larmes tellement son regard est chargé en intensité. Il avance et pose ses mains sur mes épaules.

— Je sais qu'on est pressés par le temps, mais j'ai besoin que tu me donnes une réponse la plus honnête possible. Même si Youri relâche Vadim, vous allez devoir vivre en sachant qu'il faudra toujours avoir un œil au-dessus de votre épaule. Youri vous surveillera pour être certain qu'il ne vienne pas à l'idée de Vadim de revenir un jour, une fois adulte. Il est possible également que d'autres personnes dans l'organisation gardent un œil sur vous, pour garder un ascendant sur Youri, ou par crainte également que Vadim ne soit prêt un jour à réclamer ce qui aurait dû lui être légué par son grand-père.

Je hoche la tête, comprenant son raisonnement. Il poursuit :

— Je pensais vous envoyer quelque part où il serait impossible de vous retrouver. J'ai déjà contacté quelques personnes aux États-Unis, l'oncle de Mai Lan entre autres…

Je n'écoute pas vraiment la suite, je ne doute pas

qu'il a déjà dû mettre en place un plan qui serait parfait. Parfait sauf sur un point : il ne l'inclut pas.

— Non !

Ma soudaine réponse le coupe dans son monologue. Mais il n'essaye pas d'argumenter, à la place il attend que je développe.

— Il est hors de question que je m'en aille où que ce soit si tu n'y vas pas !

Il continue de m'observer, silencieux.

— J'aurais pu… quand mon père est mort. J'aurais pu me débrouiller seule, j'ai aussi des contacts, je suis certaine que certains d'entre eux auraient pu m'aider. Mais je n'ai eu qu'une seule idée en tête, Ted, à partir du moment où j'ai appris la mort de mon père. Une seule obsession : revenir ici te retrouver. Ce que tout le monde a pris pour les larmes d'une fille qui venait de perdre son père, étaient en vérité des larmes de joie de celle qui savait que son calvaire était enfin terminé. Ces années loin de toi ont été à la fois parmi les pires et les meilleures de ma vie. Les meilleures, car bien entendu j'ai eu Vadim, mais les pires car tu n'étais pas là avec moi pour les partager. Tu n'imagines pas le nombre de fois où j'ai été tentée de t'appeler, juste pour entendre le son de ta voix. Celles où j'ai été triste, car notre fils faisait quelque chose pour la première fois, et qu'au lieu de m'en extasier comme tout parent devrait le faire, j'avais envie de hurler, car tu n'étais pas là pour partager ça avec moi. Je n'ai pas envie de vivre le reste de ma vie ainsi. Je sais que je t'ai fait souffrir, que tu m'en veux et je comprendrais que tu ne nous imagines pas comme un couple dans le futur. Mais laisse au moins une chance à Vadim de connaître son père…

Ma voix se casse sur cette dernière phrase, et alors que je n'ai pourtant jamais quitté son regard, je ne m'aperçois que maintenant que les yeux de Ted sont mouillés. Il me sourit, et déclare :

— C'est pour ça que je voulais te parler, je voulais être certain qu'on soit sur la même longueur d'onde.

Je laisse échapper un hoquet, j'étais tellement désespérée que je n'ai pas imaginé une seconde…

Ted prend mon visage en coupe, de ses pouces il sèche les larmes qui ont mouillé mes joues.

— On va aller chercher notre fils, et crois-moi, on va s'appliquer ensuite à rattraper le temps perdu.

— Et Youri ?

Il soupire et prend soudain un air sérieux.

— On va devoir le neutraliser.

36

TED

— Le neutraliser ?

Sasha fronce les sourcils comme si soudain le sens de mes mots lui échappait.

Je hoche la tête sans rien dire, pour lui laisser le temps de les digérer.

— Non, s'exclame-t-elle. Non, ce n'est pas possible ! Tu es un homme droit. Je ne veux pas faire de toi un assassin. C'est une chose de prendre la vie d'un autre être humain en temps de guerre, ou dans le feu d'un combat, mais là, tu me parles de projeter un meurtre et je refuse d'en arriver là.

Sa colère me réchauffe le cœur. C'est un bonheur de se voir aussi grand dans le regard de la femme qu'on aime.

Mais c'est justement parce que je l'aime que je n'ai pas d'autre choix que de faire ce qu'il faut pour que

Youri ne devienne rapidement rien de plus qu'un mauvais souvenir.

— Sasha, lui dis-je. Je ne t'ai jamais dit que j'allais le tuer.

— Ah non ?

Une pointe de sarcasme pimente sa réponse.

— Non, je propose que nous lui offrions les mêmes chances de s'en sortir que celles qu'il a pensé te donner.

— Je ne comprends pas ?

— Eh bien, c'est un peu tordu, mais je crois que ça pourrait marcher si on arrive à se coordonner correctement, expliqué-je. Mon idée, c'est de faire transiter l'argent qui va au syndicat par plusieurs comptes avant de le faire atterrir sur celui de Youri.

Sasha secoue la tête. Elle ne voit pas le but de la manœuvre.

— Ce qu'il faut, c'est qu'au moment où nous serons face à Youri, nous puissions faire l'échange. Vadim contre l'argent, d'accord ? Ça c'est pour le premier mouvement, ce qui est attendu de nous. Là où on va jouer plus fin, c'est que dans un deuxième temps, une fois Vadim et toi à l'abri, nous allons nous tourner vers le syndicat pour leur dire que tout ça n'était qu'une entourloupe de Youri, qu'en réalité c'était lui qui avait détourné l'argent et tenté de te faire porter le chapeau.

— Mais si on leur dit ça, ils vont le tuer !

— Non, ils vont d'abord vouloir récupérer leur argent.

— D'accord, mais après…

— Après, il sera dans la situation dans laquelle il t'a placée vis-à-vis du syndicat.

— Comment ça ?

— Eh bien, aujourd'hui je n'ai pas le moyen de savoir ce que pense le syndicat. J'ignore si Youri ne leur a pas dit que tu étais dans le coup avec ton père. Si c'est le cas, nous n'avons pas les moyens de deviner ce qu'ils ont décidé de faire de toi, une fois qu'ils auront récupéré leur argent.

— Tu crois que…

Sasha ouvre des yeux grands comme des soucoupes et n'arrive pas à achever sa phrase.

— Je ne sais pas. Franchement, je n'en ai aucune idée. Mais je préfère ne pas prendre de risque et faire porter le chapeau à Youri pour éviter qu'ils ne viennent un jour s'en prendre à toi.

— Parce que si je ne suis que la victime dans cette affaire, tu penses qu'ils m'oublieront ?

— C'est le but de la manœuvre.

— Mais Youri ? s'inquiète-t-elle.

— Youri… si tu le souhaites, en le prévenant, tu peux encore lui laisser une chance.

— Une chance de quoi ?

— Une chance de vivre la vie qu'il avait envisagée pour toi : s'enfuir avec ou sans l'argent et se cacher en regardant par-dessus son épaule pour le restant de sa vie.

— Mais s'il décide qu'il ne veut pas courir ?

Sasha pense à haute voix, je ne crois pas qu'elle me pose véritablement la question. D'autant qu'elle en connaît déjà la réponse. S'il décide de rester en pensant reprendre sa place au sein de l'organisation après avoir restitué l'argent, je ne donne pas cher de sa peau.

— Tu n'es pas obligée de prendre ta décision tout de suite, lui dis-je en voyant qu'elle hésite encore. Mais par mesure de prudence, je vais demander à Nathan de faire transiter l'argent par plusieurs comptes dès à présent, comme ça le dernier virement, celui par lequel on déposera l'argent sur son compte, n'aura aucune relation avec toi ou Vadim.

— D'accord, dit-elle manifestement soulagée d'avoir un moment de répit avant de devoir se décider. J'ai besoin d'y réfléchir et je ne crois pas être capable de penser de façon logique tant que je ne tiendrai pas à nouveau Vadim dans mes bras.

Nous remontons en voiture et j'appelle à nouveau Nathan en passant par la ligne sécurisée.

— Combien de temps te faut-il pour être prêt ? demandé-je à mon informaticien de génie.

— Donne-moi un quart d'heure, me répond-il. Je te rappelle dès que c'est fait.

À peine ai-je le temps de redémarrer la voiture que le téléphone sonne à nouveau. C'est James.

— Tout va bien ?

— L'équipe est arrivée. Rien à signaler. Je vous rejoins au bureau.

Je remets la voiture en route et compose le numéro de Youri. Le temps que nous arrivions à Monaco, Nathan devrait être prêt.

— Quel plaisir de vous entendre, dit Youri en

décrochant dès la première sonnerie.

— J'ai l'argent, je veux que tu me rendes mon fils, dit Sasha dans l'habitacle.

— Je n'ai qu'une parole, lui répond Youri. Tu me fais le virement et je te dépose le petit.

— Alors ça, certainement pas, protesté-je. Je vais vous expliquer comment nous allons procéder.

Sans lui laisser le temps de répondre, je continue :

— Sasha va virer la moitié de la somme, histoire de montrer sa bonne foi. Ensuite vous allez nous rendre l'enfant. Et ce n'est qu'une fois qu'il sera dans les bras de sa mère que vous aurez le solde.

— Mais…

— Comme vous, je n'ai qu'une parole ! lui dis-je avant de raccrocher.

Sasha me dévisage comme si elle me voyait pour la première fois.

— Fais-moi confiance, lui dis-je.

Des types comme Youri, j'en ai connu des centaines. Ils ne respectent que ceux qui leur tiennent tête. Et puis ce n'est pas comme s'il avait véritablement le choix. S'il veut prendre la place de son oncle, il faut absolument qu'il récupère l'argent, alors il va bien falloir qu'il accepte les termes de l'échange.

En prenant la main lors de la négociation, je flatte son égo. Il est si prétentieux qu'il doit déjà être en train d'imaginer comment, lors d'une soirée un peu arrosée, il racontera l'échange à ses copains. Avoir fait plier un ancien militaire américain, c'est bien plus glorieux que d'avoir fait céder une faible femme.

— Je te promets que ça va bien se passer. Et si tu la lisais, cette lettre, lui dis-je en désignant d'un mouvement du menton l'enveloppe que lui a remis l'ancienne maîtresse de son père.

Sans me répondre, elle ouvre l'enveloppe et en sort la feuille de papier qu'elle déplie.

Du coin de l'œil, je vois quelques lignes manuscrites à l'encre bleue.

Sasha les lit lentement, ou plusieurs fois, je ne sais pas, mais elle prend plus de temps qu'il n'en faut pour déchiffrer un texte si court. Elle replie la page et la replace dans son enveloppe avant de lever les yeux vers moi et de sourire.

C'est un sourire triomphant qui me prend par surprise.

— Maintenant je n'ai plus de doute, me dit-elle sur un ton décidé. Je sais qu'il va nous rendre notre fils.

— Un ultime cadeau de ton père ? lui demandé-je.

— Oui, on peut voir ça comme ça, répond-elle soudain mélancolique. Ce n'est sans doute pas très glorieux, mais mon père m'a légué des informations sur une liaison que Youri aurait eu avec une femme mariée. Mariée avec quelqu'un de haut placé dans l'organisation.

L'espace d'une seconde, j'ai presque de la peine pour ce pauvre Youri. Il n'est manifestement pas de taille à jouer dans la cour des grands.

37

SASHA

— C'est bon, c'est fait ? demandé-je à Nathan qui vient de confirmer l'ordre de virement.

J'ai beau avoir suivi tout ça de mes propres yeux, j'ai besoin que quelqu'un me dise que tout est bon.

— Oui, dans quelques secondes Youri aura la première partie du paiement sur son compte.

— Je l'ai prévenu, m'indique Ted. Je ne doute pas qu'il doit avoir les yeux rivés sur son écran.

Il s'approche de moi et dépose un léger baiser sur mes lèvres.

— Tout va bien se passer, dit-il à voix basse pour moi seule, avant d'ajouter plus fort : il faut maintenant qu'on décide de la suite des opérations.

Nathan nous observe l'air de dire : je suis juste là pour appliquer les ordres que tu me donneras. C'est moi qui pose la question :

— Tu crois qu'on devrait demander leur avis aux autres ?

— Je pense surtout que c'est à toi de prendre la décision… après, si tu as besoin d'avis extérieurs…

Je secoue la tête.

— Non, le seul qui m'importe, c'est le tien.

Il me dévisage un instant avant de déclarer :

— Quand ça concerne les gens que j'aime, je ne laisse jamais rien au hasard. Alors je crois que même si tu as un bon moyen de faire chanter Youri pour qu'il nous fiche la paix, je ne suis pas contre avoir quelques mesures supplémentaires.

— Donc, tu veux qu'on simule un vol d'argent sur les comptes de l'organisation, pour assurer nos arrières.

Il hausse les épaules.

— Comme je t'ai dit, je préférerais avoir ceinture plus bretelles. Mais c'est à toi que la décision finale revient.

Je réfléchis. Faire ça, c'est choisir le risque que des membres de la Bratva prennent vraiment Youri en grippe et décident de le supprimer. Je ne suis pas une tueuse, mais Youri a fait quelque chose d'inexcusable, il s'en est pris à ma famille, mon sang, et ça, jamais je ne le lui pardonnerai. Et pire, si j'accepte de passer l'éponge, qui dit que demain il ne sera pas capable de réitérer, et de s'en prendre à un autre enfant innocent.

— OK, fais-le.

Je ne parle pas à Ted, mais à Nathan.

— OK, c'est comme si c'était fait ! lance-t-il avant de se retourner pour pianoter sur son écran.

Ted m'adresse un petit sourire qui m'indique qu'il approuve ma décision.

— Il va être l'heure, dit-il.

— Oui, allons chercher mon fils.

— Notre fils, me corrige-t-il en saisissant ma main.

Je n'ai pas le cœur à profiter de cette affirmation, pas tant que Vadim n'est pas dans mes bras. Mais je la note dans un coin de mon esprit. Tout comme le fait que ça fait deux fois qu'il déclare qu'il m'aime. Peut-être pas de façon directe, mais quand il m'inclut dans « les gens qu'il aime ».

~

QUELQUES MINUTES PLUS TARD, nous sommes devant l'immeuble. Un van noir se gare, le même que celui qui nous a enlevé Vadim hier, cela me semble déjà une éternité. Mon cœur accélère, j'ai envie de me précipiter et d'ouvrir la portière pour serrer mon bébé dans mes bras. Peut-être que Ted le sent, car sa prise sur ma main se raffermit.

Youri descend le premier. Il porte un costume sur mesure, mais sur lui ça me donne l'impression d'un gars qui veut avoir l'apparence de quelqu'un d'important, mais qui n'en a pas les épaules.

— Ma chère cousine ! s'exclame-t-il en boutonnant sa veste.

— Évite-nous tes simagrées, Youri, rends-moi mon fils.

Il affiche un sourire narquois, mais se tourne vers le

golgoth qui l'accompagne et lui fait un signe de la main. Celui-ci fait glisser la portière du van, et la seconde suivante une femme en sort. Une femme qui porte mon fils dans ses bras.

— Polina ? m'étonné-je alors que l'homme de Youri la retient par l'épaule.

Je suppose qu'ils n'auront pas le droit d'approcher tant que le transfert n'est pas finalisé. Je constate avec soulagement que Vadim a l'air d'aller bien. Il est endormi. C'est normal, c'est l'heure de sa sieste et les trajets en voiture ont toujours eu cet effet sur lui.

— J'ai songé que le petit serait plus à l'aise avec quelqu'un qu'il connaît, alors qui mieux placée que sa nounou pour s'occuper de lui ? ironise Youri.

J'échange un regard avec Ted, il m'avait dit qu'il l'avait mise en sûreté.

— Oh ! Je sais à quoi vous pensez. Ne me dites pas qu'un homme dans votre position ne sait pas qu'avec de l'argent on peut tout acheter ? Même le plus fidèle des gardes peut se laisser tenter. Comment on dit, déjà ? Tout le monde a un prix ? Bon, c'est certain que ce baby-sitting m'a coûté bien plus cher que le taux en vigueur. Mais qu'est-ce qu'on ne ferait pas pour nos chères têtes blondes ? plaisante-t-il.

Je suis à deux doigts de lâcher l'information que mon père m'a donnée, mais je me tais. Tant que Vadim n'est pas dans mes bras, je ne ferai rien qui pourrait compromettre l'opération.

— On va procéder à la deuxième partie du virement, annonce Ted.

— Je vous en prie.

J'ai vraiment envie de lui faire ravaler son sourire.

Ted prend son téléphone, compose un numéro qui est celui de Nathan, je suppose, et ordonne :

— Vas-y.

Youri saisit le sien et je reconnais les couleurs de la banque offshore qu'il utilise. Au bout de quelques secondes, son sourire s'étire davantage. Il fait signe à Polina d'avancer.

— J'ai adoré faire des affaires avec vous, déclare-t-il.

Mais déjà je ne l'écoute plus. Polina me tend délicatement mon fils et je le blottis contre moi en faisant en sorte de ne pas le réveiller. Quand je sens son odeur familière, les larmes me montent aux yeux. Je le serre un peu plus fort, je ne peux pas m'en empêcher. J'ai beau savoir que cette histoire est finie, j'ai l'impression que plus jamais je ne pourrai le relâcher. Mon visage est rapidement envahi par les larmes, je pleure toutes celles que je me suis retenue de verser ces dernières vingt-quatre heures. Je sens la main de Ted caresser doucement mon dos. J'ai envie de monter à l'appartement, de m'enfermer avec les deux hommes de ma vie et de rester dans un cocon où rien ni personne n'aurait d'importance à part nous trois. Mais c'est sans compter sur Youri qui n'a toujours pas eu l'idée de décoller.

— C'est sympa, Monaco, je comprends pourquoi tu t'y es installée. Maintenant que j'ai un peu d'argent de côté, je devrais peut-être envisager de m'offrir un pied-à-terre dans le coin. Histoire de rester près de la famille, de voir comment le petit Vadim grandit.

Un frisson glacé me parcourt, puis je me ressaisis.

— Nous ne sommes pas ta famille ! Et il est hors de question qu'après aujourd'hui tu t'approches à nouveau de mon fils ! sifflé-je entre mes dents.

— Tu me vexes, Alexandra, dit-il en faisant mine d'être touché.

— Qu'est-ce que tu ferais à ma place si je menaçais ta famille ? Tu sais, celle qui t'attend à Moscou.

Il fait mine de ne pas comprendre, mais au moins il a ravalé son sourire. Je poursuis :

— C'est marrant, maintenant que j'y pense, la petite Lana a vraiment une ressemblance frappante avec tante Oksana. J'ai toujours cru qu'elle tenait ses yeux bleus de son père, je ne m'étais juste pas rendu compte que l'homme qui est marié à sa mère n'était pas son géniteur.

Cette fois-ci il est blême et sans voix. Une première, on dirait.

— Comment tu sais… commence-t-il. Non, je n'ai pas besoin de la réponse, c'est ce vieux fou qui te l'a dit. Enfin, je suppose que tu viens de l'apprendre, sinon tu t'en serais servie avant. Quelque chose me suggère que ça a un rapport avec votre visite de ce matin chez Natasha. Cette vieille folle en sait bien plus que je ne pensais.

— Natasha ne sait rien, du moins pas à ma connaissance.

— Peu importe. Qu'est-ce que tu veux ?

Il a l'air tendu, bien plus que je n'aurais imaginé

qu'il le soit. Il doit vraiment tenir à la petite, ou à sa mère.

— Je ne veux qu'une seule chose : que tu nous oublies. Que tu racontes ce que tu veux au syndicat, mais que jamais rien ni personne ne vienne troubler notre petite vie tranquille.

— Je suppose que je n'ai pas le choix, soupire-t-il avant d'ajouter : ton père était un être complexe qui adorait prodiguer des conseils qu'il n'appliquait pas forcément à lui-même, mais il avait raison sur une chose.

— Laquelle ?

— Il disait que la seule raison pour laquelle on prend des décisions stupides, c'est par amour. Regarde autour de nous : Natasha a accepté une vie à servir ton père juste parce qu'elle entretenait le vain espoir qu'un jour enfin, il la tirerait de sa misère. Quant à toi, tu as tout plaqué pour préserver ton mari, alors que tu n'avais même pas conscience que dès le début, ton père savait pertinemment où tu étais, et ce que tu faisais. Il fermait juste les yeux par amour pour toi.

— Alors pourquoi il est venu me chercher, il y a trois ans ?

— Encore un jeu de pouvoir, d'amour et de vanité. C'est Arkady qui t'a retrouvée. Si ton père lui avait dit de laisser tomber, il perdait la fidélité de ton demi-frère qui a toujours espéré qu'en se comportant comme il fallait, il aurait enfin ce que toi tu avais, sans avoir rien demandé : son affection. Ensuite, Arkady en aurait parlé à l'organisation, et on aurait traité ton père de faible. Et enfin…

Il jette un coup d'œil en direction de Ted avant de poursuivre :

— Il a vite compris que Ted pourrait un être un atout dans sa manche un jour. Il ne savait juste pas comment l'utiliser. Il s'est dit que le jour venu, il pourrait le forcer à faire quelque chose en jouant sur son amour pour toi, ou encore mieux en l'appâtant avec Vadim.

Une sensation dérangeante envahit mon estomac. J'ai l'impression de n'avoir été qu'un pion qu'on a balancé de droite et de gauche en fonction des besoins des uns et des autres.

C'est finalement Ted qui clôt cette discussion en posant sa main dans le creux de mes reins.

— Viens, Sasha, rentrons chez nous.

Je lance un dernier regard à mon cousin.

— Adieu, cousine.

— Adieu, réponds-je en espérant sincèrement que je n'aurai plus jamais affaire à cet odieux personnage.

38

TED

J'ai passé une bonne partie de l'après-midi avec Sasha et Vadim, mais je suis de passage au bureau pour récupérer quelques papiers.

J'ai aussi organisé le retour de Polina en Russie. Même si elle est très attachée à Sasha et Vadim, elle a besoin de vacances pour se remettre de ses émotions. En attendant son vol demain, je lui ai réservé une suite dans un des palaces monégasques. Je lui dois bien ça pour avoir veillé sur eux pendant presque trois ans.

— Et pour les virements, alors ? me demande Nathan quand je passe près de lui.

J'aurais aimé que Sasha soit là pour prendre la décision finale, mais je pense qu'elle n'a pas d'objection pour que je parle en son nom. C'était le cas autrefois, et j'espère bien que dans notre futur, cette complicité et cette confiance que nous avions l'un pour l'autre sera rétablie. Je ne dis pas que ça sera facile, je ne doute pas que je porterai en moi ces trois ans d'absence et de doutes pendant un moment. Mais je veux faire des efforts, pour elle, pour notre famille.

Notre famille.

J'ai encore un peu de mal à me rendre compte que c'est maintenant quelque chose qui fait partie de ma vie. Il y a une semaine encore, je vivais comme un célibataire endurci, dont la vie tournait autour de son boulot, avec quelques exceptions faites pour aller dormir, ou faire du sport. Et quelques jours plus tard, je me retrouve avec des biscuits en forme de dinosaures dans ma cuisine, et des couches dans ma salle de bains.

— Laisse-les en suspens, mais sois prêt à intervenir en cas de besoin.

— OK, dit-il en se tournant vers son écran, avant de balancer par-dessus son épaule : je suppose que vous avez trouvé un autre moyen de pression pour qu'il se tienne à carreau ?

— Ouais. J'aime pas trop proférer ce genre de menaces, mais avec un mec comme Youri…

Nathan se retourne vers moi et croise les bras sur sa poitrine.

— Il y a un truc que tu ne me dis pas, quelque chose qui t'inquiète.

Je soupire.

— Depuis quand tu es devenu aussi perspicace ?

Il affiche un sourire entendu.

— Mai Lan m'incite à apprendre à lire les gens autrement que par les renseignements qu'on trouve sur eux en ligne. Et j'avoue tu fais un excellent objet d'étude. Même si tu n'es pas aussi mystérieux que ce que la plupart des gens pensent.

— Ah oui ? demandé-je mi-étonné mi-amusé.

— Eh bien, même si tu ne parlais jamais de Sasha, je savais qu'elle existait.

Tout à coup, une idée horrible me traverse l'esprit.

— Tu savais où elle était ?

Il secoue la tête.

— Je ne me serais jamais permis de fouiner dans tes affaires sans ton autorisation. Mais tu sais, ça n'a pas été très compliqué à apprendre. J'ai intégré l'agence peu de temps après son départ, et si tu te comportais comme si elle n'avait jamais existé, ce n'est pas le cas de tout le monde ici. Andrea parlait d'elle de temps à autre, il a même une photo chez lui sur laquelle elle apparaît. Et tu te doutes bien que Madison lui a posé des questions, et qu'ensuite elle en a parlé à Mai Lan qui en a discuté avec Angel qui a confirmé qu'elle existait réellement. Et c'est sans compter sur Tiff et Élodie qui ont eu des infos par Jimmy et Ken.

— Oui, donc tout le monde était au courant, bougonné-je.

— Oui, même si personne n'osait en parler. Je me souviens de la fois où ton pote Jack a abordé la question au Vietnam, tu lui as répondu d'une façon tellement létale que ça m'a convaincu de ne jamais ne serait-ce qu'effleurer le sujet.

Je passe une main sur mon visage.

— C'était plus facile comme ça, enfin je crois.

Avec le recul, je n'en suis plus tout à fait certain.

— J'imagine que ça n'a pas toujours été simple. Même si tu donnais l'impression du contraire. Je suppose que sous tous ces muscles, ces tatouages et cette assurance, il y a tout de même un cœur qui bat. Et quelqu'un qui a des doutes, comme tout le monde.

— Tu n'as pas idée.

— Tu t'inquiètes pour ta famille ?

Je dévisage Nathan. C'est vrai qu'on le prend souvent pour le geek de service, mais c'est comme avec moi, l'apparence peut cacher beaucoup de choses.

— C'est… il ne s'agit plus de moi, ou même de Sasha. J'ai un fils. C'est déjà assez dingue en soi, et j'imagine que ce n'est déjà pas facile d'avoir cette responsabilité en temps normal, mais dans le métier que nous faisons… Regarde toute cette histoire avec Youri, on est justement en train de lui mettre la pression grâce à sa gamine !

— Ouais, mais toi tu as un avantage indéniable par rapport à Youri. Tu n'es pas seul, au-delà de ta famille au sens strict, tu as celle qui est ici chez *Riviera Security*. Avec le nombre de tontons et tatas que Vadim vient de récolter, je plains le pauvre gosse qui va venir lui chercher des noises dans la cour de l'école.

Je fronce les sourcils. Punaise ! Je n'avais même pas encore pensé à tout ça !

— Mon fils ne se fera pas ennuyer dans la cour de l'école, protesté-je.

Nathan émet un renâclement moqueur, puis se penche sur son bureau pour attraper une enveloppe.

— Tiens, y'a ça qui vient d'arriver pour toi, me dit-il en me la tendant.

Je l'attrape et constate qu'il y a le logo d'un laboratoire sur le papier blanc.

— C'est le test de paternité, m'explique-t-il.

J'avais complètement oublié ce truc !

Mais je n'ai aucune hésitation, d'un seul geste je déchire le document sans même prendre la peine de l'ouvrir et m'en débarrasse dans la corbeille la plus proche.

— Je remonte, annoncé-je. Mon fils et ma femme m'attendent.

Au moment où je prononce ces mots, je ressens une certaine fierté. Je crois que j'aime bien cette sensation.

Quand je pénètre dans l'appartement, il est complètement silencieux. J'ai une seconde de panique pendant laquelle je me demande où ils ont bien pu disparaître, avant de constater que Sasha se trouve sur le pas de la porte de la chambre d'amis, adossée contre le chambranle.

Quand elle m'entend, elle sourit et toute mon angoisse s'envole. J'avais oublié le pouvoir d'un seul de ses sourires. Elle retourne la tête vers l'intérieur, et je m'approche doucement pour l'enlacer.

— Il dort ? demandé-je en chuchotant.

— Oui, il a lutté un moment pour t'attendre, mais je crois que les émotions de la journée l'ont vidé. Je suis désolée, tu aurais peut-être voulu le mettre au lit toi-même ?

Je dépose un baiser sur son front.

— Il y aura d'autres occasions.

Elle me dévisage, comme si elle voulait être certaine que ce ne sont pas des paroles en l'air.

— Je me disais qu'il allait falloir redécorer la chambre, pour qu'il ait un peu plus l'impression d'être chez lui.

Elle arque un sourcil, et je comprends ce qu'elle veut. Pas que je lui parle décoration de la chambre, ou vagues projets dans lesquels Vadim serait inclus. Elle veut que je lui livre ce que j'ai vraiment sur le cœur. Alors je l'enlace un peu plus fort et poursuis :

— Je me disais que vous pourriez vous installer ici de façon, disons… permanente, Vadim et toi ?

— Mais encore ?

Punaise, elle ne me rend pas la vie facile !

— Je ne vous veux pas seulement en tant que colocs, je vous veux dans ma vie tous les deux, comme une vraie famille.

Cette fois-ci son sourire est entier. Elle se hisse sur la pointe des pieds et dépose un léger baiser sur mes lèvres.

— C'est ce que je souhaite également.

Ces mots ont un effet spécial sur moi, c'est comme s'ils m'enlevaient un poids que je ne savais même pas supporter.

Sasha se blottit un peu plus contre moi, et nous tournons tous les deux le regard vers notre fils endormi.

— Je me disais qu'on devrait peut-être l'inscrire à des cours de Krav-maga, histoire qu'il apprenne à se défendre, déclaré-je avec sérieux.

Mais ma femme fronce les sourcils, et me dévisage comme si j'avais proposé qu'on aille lui faire faire du saut en parachute… sans parachute.

— Il a deux ans et demi, Ted.

— Il n'est jamais trop tôt pour apprendre à se défendre, non ?

— Il n'a pas besoin de savoir se battre pour l'instant. Il a besoin de ses parents pour le protéger, c'est tout.

— Oui, mais quand il ira à l'école ?

— Tu n'auras qu'à te pointer et dévisager les gamins avec le même regard que celui que tu utilises face à un mafieux russe. Ça devrait faire l'affaire.

Je me rends compte que je n'y connais absolument rien en éducation pour les gosses. Il va falloir qu'elle m'apprenne. Mais bon, j'irai quand même vérifier ce qu'on peut faire pour qu'il apprenne à se défendre. Je note dans un coin de ma tête d'appeler Ken demain pour en discuter avec lui. Il a tout de même élevé Madison. Et même si elle est un peu barge sur les bords, elle ne se laisse pas marcher sur les pieds, c'est le moins qu'on puisse dire !

Puis je me souviens qu'après l'avoir reporté pour nous prêter main forte, Ken et Élodie sont enfin partis en voyage de noces cet après-midi. Et pour trois semaines, au moins… Je suis l'imbécile qui leur a rajouté une semaine aux frais de la princesse pour les remercier. Il va falloir que je me débrouille seul en attendant. À moins que… je pourrais appeler James. Il sera papa dans quelques semaines, le connaissant, je suis certain qu'il a déjà étudié la question avec minutie.

Je ne poursuis pas plus longtemps mes plans sur la comète, car Sasha me tire de mes pensées.

— On y va, monsieur Carter ?

Comme je ne comprends pas exactement ce qu'elle a en tête, elle se fait plus explicite en laissant courir son index sur mon torse.

— Je me disais que maintenant que Vadim dort, il serait peut-être temps que je m'occupe de mon mari.

Même si son message est reçu cinq sur cinq et que des parties de mon anatomie situées sous ma ceinture se préparent déjà à la manœuvre, je demande :

— Il ne risque pas de se réveiller ?

— Fort heureusement, même s'il te ressemble sur beaucoup de points, il dort toujours sur ses deux oreilles, *lui*.

39

SASHA

J'ai à peine fini ma déclaration que mes pieds quittent le sol. Pour être plus précise, c'est Ted qui m'enlace et me soulève. Instinctivement mes jambes se nouent autour de sa taille, alors que sa bouche s'écrase contre la mienne.

Nous avons échangé quelques baisers ces derniers jours, mais rien de comparable à celui-ci. Ils étaient timides en comparaison. Celui-ci exprime toute la passion que peuvent ressentir deux êtres.

Deux êtres qui s'aiment.

Deux êtres qui ont été séparés pendant bien trop longtemps.

Ceux qui disent « loin des yeux loin du cœur » ne pourraient pas avoir plus tort. Car même si ce n'est qu'un baiser, je ressens tout ce qu'il sous-entend, et je suis certaine que Ted aussi. Et une chose est sûre, c'est qu'il est plus que l'expression du désir, il comporte également tout l'amour que nous ressentons l'un pour l'autre.

Quand nous reprenons nos respirations, Ted annonce :

— Je te crois sur parole pour l'histoire du sommeil, mais ne tentons pas le diable tout de même.

Et il prend la direction de sa chambre, ou plutôt de *notre* chambre, tout en continuant de m'embrasser, ce qui rend tout de même la manœuvre assez périlleuse. Nous manquons d'ailleurs de nous cogner contre la porte, ce qui nous arrache à tous deux un fou rire.

— Chut ! lui intimé-je entre deux éclats de rire.

— Mince, on est condamnés à faire l'amour en silence, et dans le noir pour les deux prochaines décennies ? dit-il horrifié.

— Jamais de la vie ! Mais il faudra être astucieux. Je suis certaine que tu vas vite trouver des solutions, susurré-je contre sa bouche.

Il me sourit et entre dans la pièce, puis il ordonne d'une voix ferme :

— Alex ! Mets la lumière tamisée !

Je suis décontenancée, ne comprenant pas trop pourquoi il s'adresse à moi comme ça, tout à coup. D'ailleurs il ne m'a jamais appelée Alex ! Mais la seconde suivante, sans que j'aie eu besoin d'appuyer sur le moindre bouton, les lampes de chevet s'allument toutes seules.

Il parlait à son enceinte connectée.

Mon fou rire repart de plus belle, au point que j'en ai les larmes aux yeux. Ted stoppe au beau milieu de la chambre et me dévisage avec un mélange d'amusement et d'incompréhension. Je glisse sur mes pieds et tente de lui expliquer :

— Alors comme ça, il y a une femme qui était dans ta chambre tout ce temps ?

Il fronce les sourcils de plus belle, et je précise :

— Bien entendu que tu as des gadgets jusqu'ici.

Mais lui est resté coincé sur la première partie de ma déclaration.

— Il n'y a eu aucune femme dans cette chambre, depuis ton départ.

D'un coup, l'ambiance n'est plus vraiment la même, je ne m'attendais pas à ce qu'on discute de ce genre de choses maintenant.

— Eh bien, je suppose que ça devait être un peu étrange effectivement, étant donné que…

Il ne me laisse pas finir et prend mon visage en coupe comme pour être certain que je capte bien le message.

— Il n'y a eu aucune femme, ni ici ni ailleurs.

— Oh !

Dire que je tombe des nues serait exagéré. Il y a toujours une petite partie de moi qui avait espéré… Les premiers temps, j'avais gardé un œil sur lui, puis j'ai arrêté. Car je savais que le jour où j'aurais l'information qu'il avait quelqu'un dans sa vie, ne serait-ce que pour une nuit, cela me détruirait. Je me suis contentée de récolter des informations de temps à autre, assez générales, sur lui ou les membres de Riviera Security, mais rien de trop poussé. Et j'étais bien placée pour savoir que si Ted avait à nouveau quelqu'un auprès de lui, il resterait discret. Tout de même, je ne peux m'empêcher de faire remarquer :

— C'est très long, trois ans…

Il soupire.

— Oui. Mais au début j'espérais…

— Que je reviendrais ?

— Oui, et ensuite j'étais en colère.

— Et après ?

Il hausse les épaules.

— J'ai rempli ma vie autrement : le boulot, le sport, les missions…

— Je suis désolée, Ted. Je ne pourrai jamais assez m'excuser.

Il me dévisage de ses yeux bleu presque marine dans la pièce à peine éclairée.

— C'est moi qui suis désolé. De ne pas avoir su ou pu te protéger de ta famille, de ne pas t'avoir cherchée suffisamment.

Je secoue la tête.

— Ne parlons pas de ça. Pas maintenant, pas ce soir. Ce soir, je veux qu'on pense rien qu'à nous.

— OK, dit-il avant de me donner un autre baiser.

Et comme il n'a pas posé la question, alors que je sais qu'elle doit le ronger de l'intérieur, je murmure :

— Pour moi non plus, il n'y a eu personne d'autre.

Il lâche un immense soupir de soulagement.

— Tant mieux, parce que tu sais que je ne suis pas très partageur, et ce n'est pas dans mes plans d'aller courir le monde pour faire la peau à je ne sais quel mec qui aurait mis ses sales pattes sur ma femme.

Je décide d'oublier le petit côté macho de sa déclaration pour le taquiner sur autre chose.

— Ah oui, tu as des plans ?

— Des tas, et le premier d'entre eux est de vous faire l'amour, là tout de suite, madame Carter.

Il ponctue sa phrase d'un autre baiser enfiévré tout en me faisant reculer en direction du lit. Mes jambes le heurtent et mon beau brun en profite pour plaquer ses hanches contre les miennes. Ted lâche un grognement sourd qui m'électrise et soudain tout disparaît. Il n'y a plus d'inquiétudes, plus de Youri, de *Riviera Security* ou même l'ombre de mon père. Juste nous et ce besoin primaire et brûlant d'être enfin réunis sans obstacle.

Il déboutonne mon chemisier avec enthousiasme, manquant d'en faire sauter les boutons, alors que sa bouche déborde vers ma bouche, mon cou, et lorsque l'étoffe disparaît, ma clavicule. Tout aussi empressée, je le débarrasse de son t-shirt. Mon souffle déjà saccadé devient anarchique. Je fais courir ma main sur son torse, savourant la fermeté de ses pectoraux, les creux et les vallées de ses abdominaux. J'ai toujours été admirative de son corps sculpté qu'il entretient avec soin. Je sais qu'il considère important d'être en forme pour son travail, mais je constate qu'il ne devait pas blaguer quand il disait avoir passé du temps à la salle de sport. Je prendrai le temps plus tard de l'étudier en détail, pour l'instant j'ai besoin de lui, éperdument. Maintenant que notre connexion est retrouvée, je ne souhaite pas m'en priver une seconde de plus.

J'agrippe sa ceinture pour le débarrasser de son jean et manque de chuter sur le lit dans l'opération. Si bien qu'après un autre baiser teinté d'un nouvel éclat de rire, c'est Ted qui me pousse légèrement pour que je m'y étale de tout mon long.

Je fais mine d'en être offusquée, mais lui me répond par un sourire carnassier avant de me retirer mon propre pantalon, me laissant en sous-vêtements sur ses draps aussi noirs que la nuit.

Il se redresse et son regard est tellement chargé de désir que j'en oublie toutes mes appréhensions, tous mes complexes. Mon corps a changé depuis la dernière fois que nous nous sommes retrouvés dans cette situation, je porte imprimées sur mon ventre et ma poitrine les stigmates de ma grossesse. Je n'en ai pas honte, mais dire que je n'avais pas songé à ce moment serait un mensonge.

— Tu es magnifique, dit-il comme s'il lisait dans mes pensées.

Il se penche ensuite sur moi et ses lèvres se font exploratrices d'un terrain déjà conquis, mais qu'il faut reconnaitre à nouveau. Je le débarrasse de son boxer et il me dénude complètement. Le contact de nos épidermes est sulfureux et grisant. Il grogne de désir, et je frôle la syncope.

Mais avant d'unir nos corps de la plus délicieuse des façons, il y a ce moment de lucidité où il me demande :

— Tu veux que je…

Je pose mon index sur sa bouche, le faisant taire. Je ne souhaite pas de barrière entre nous, pas alors que nous nous retrouvons, et que même si le temps a passé, rien ne justifie que nous prenions davantage de précautions. Mais cela implique une autre problématique :

— Je ne prends pas la pilule, tu es OK avec ça ?

Il répond avec un sourire :

— Je suis prêt à toutes les aventures du moment que c'est avec toi.

Dans un rire, je réponds :

— Rappelle-toi de cette déclaration quand le petit monstre t'aura fait tourner en bourrique au point que dealer avec des terroristes te paraîtra une promenade de santé.

Pour toute réponse sa bouche emprisonne la mienne, et bientôt nous entamons notre danse charnelle. Ted comble le manque qui me tuait à petit feu depuis trois ans, je me laisse envahir par tout son être. Nos souffles s'entremêlent, nos lèvres échangent des baisers incontrôlés, chargés d'une envie commune de ne plus jamais s'éloigner l'un de l'autre.

Puis c'est l'apothéose. Je le sens trembler en moi, mes mains agrippent ses hanches, griffent son dos. Je me laisse emporter moi aussi par la vague qui promet de nous submerger tous les deux.

— Je t'aime, Sasha, souffle-t-il tout contre ma bouche.

Je suis incapable de lui répondre, propulsée d'une telle force par le plaisir que je pourrais en toucher les étoiles.

Ce n'est qu'une dizaine de minutes plus tard, alors que nous sommes allongés, l'un contre l'autre, mon visage sur son épaule, et que nos cœurs se remettent de nos crises cardiaques simultanées, que je trouve la force en moi de dire :

— Je t'aime, Ted.

Il m'embrasse dans les cheveux, et nous restons silencieux, profitant de cette intimité retrouvée. Je dessine du bout du doigt les contours de ses tatouages, comme j'en ai toujours eu l'habitude.

— Il y en a des nouveaux, constaté-je.

— Mmh mmh, répond-il et j'en conclus qu'il est encore perdu dans les vapeurs de l'extase, du moins jusqu'à ce qu'il ajoute :

— Il faut que je prenne rendez-vous demain pour en ajouter un.

— Ah oui ? Qu'est-ce que ça va être ?

Il m'observe avec amusement, et j'en conclus que je suis censée trouver moi-même la solution. Mais il doit avoir pitié de moi, car il désigne l'espace vide juste sous mon prénom.

— Il faut que j'ajoute le prénom de Vadim.

C'est idiot, mais le fait qu'il ait l'intention d'inscrire le prénom de notre fils de façon permanente sur sa peau est pour moi une merveilleuse déclaration qu'il nous fait à tous les deux.

— Alors, prends rendez-vous pour deux, il est temps que moi aussi j'ai quelque chose en l'honneur des deux hommes de ma vie.

Ted fronce les sourcils, et je comprends qu'il n'est pas très chaud à cette idée…

Mais il faudra bien qu'il compose avec. Et j'ai hâte de voir sa tête quand il découvrira à quel endroit j'ai l'intention de faire ça…

ÉPILOGUE

TED

Trois mois plus tard.

— Les garçons, dépêchez-vous de ranger ça, ils vont tous arriver d'une minute à l'autre !

J'échange un regard avec Vadim qui lui n'a aucunement l'intention de délaisser son train. C'est sa nouvelle lubie. Les dinosaures ont été remisés au placard, il n'en a que pour les Tchou-Tchou ces dernières semaines.

— Désolé, mon grand, dis-je en me relevant du tapis sur lequel je jouais avec lui. Tu as entendu maman, on doit ranger.

À contrecœur, il abandonne ses wagons et se redresse. Je ne peux pas m'en empêcher, je tends les bras, et lui se précipite pour s'y blottir. Je rejoins donc Sasha dans l'espace cuisine, notre fils bien calé sur mon biceps.

— Besoin d'aide ?

— Tu ne devrais pas le porter tout le temps.

— Il n'est pas lourd.

Elle me lance ce regard qu'elle prend quand nous avons des idées différentes sur l'éducation de Vadim, et je comprends que je fais encore un truc que je ne devrais pas. Si j'étais honnête, je concéderais qu'elle a souvent raison, mais plutôt mourir que de lui avouer. Alors on se dispute, mais jamais bien longtemps.

— Il va s'habituer et réclamer les bras tout le temps, rouspète-t-elle.

Je sens qu'elle est tendue alors je dépose Vadim au sol, qui court à nouveau vers son train. Pour ma part, je m'approche de Sasha et l'enlace.

— Détends-toi, ce n'est qu'un repas. Et avec la famille en plus.

— Oui, mais c'est la première fois qu'on se reverra tous ensemble, depuis…

Elle ne précise pas quand, mais elle veut dire depuis l'enlèvement de Vadim. Elle n'aime pas en parler et je respecte ça, ce ne sont pas de bons souvenirs.

— Et à chaque fois qu'on va dîner chez Élodie et Ken, tout est parfait et…

Je dépose un baiser sur ses lèvres, histoire de la faire taire.

— Et ça sera parfait chez nous aussi. Au passage, Élodie n'a pas un fils en bas âge et un autre en route.

— Oh ! À ce propos, tu sais qu'ils vont insister pour me mettre un verre entre les mains à un moment où un autre. Alors si tu peux venir discrètement me le prendre, histoire qu'ils n'y voient que du feu…

Je me détourne avant que mon expression me trahisse.

— Oui, oui.

C'est mignon qu'elle pense encore que personne n'a compris qu'elle est enceinte. Madison a été la première à découvrir le pot aux roses lorsque Sasha s'est endormie en pleine réunion à Saint-Tropez, il y a quelques semaines, après avoir souffert de nausées toute la matinée. L'information s'est ensuite diffusée dans l'agence à la vitesse de la lumière. On a beau faire un métier des plus sérieux, j'ai bien compris qu'il n'y a rien de mieux pour mes agents que de relâcher la pression en partageant des potins. Et apparemment, quand ils concernent les patrons, ils trouvent ça d'autant plus intéressant.

Le ding de l'ascenseur se fait entendre, et les premiers arrivent. Il s'agit de James et Angel, accompagnés du petit Charles, prénommé ainsi en l'honneur de son grand-père, si j'ai bien compris. Cette petite fête est en partie pour lui, étant donné que c'est la première fois depuis sa naissance que ses parents viennent à Monaco.

— Dis donc, la déco a bien changé, ici, déclare James après qu'on ait échangé une accolade.

— Tu trouves ? m'étonné-je.

— Avant on se serait cru dans un catalogue Habitat, et là on est plutôt dans celui de… Toys'rus ?

Décontenancée, c'est Sasha qui répond à ma place :

— Vadim et Ted adorent jouer au salon, et je ne sais jamais lequel des deux s'amuse le plus.

Je m'apprête à protester, mais elle s'éloigne avec

Angel pour admirer le bébé. Quand je tourne la tête vers James, il est hilare.

— Moque-toi ! Attends que le tien soit en âge de marcher, et on en reparle.

— Je n'attends que ça, dit-il en souriant.

— Comment ça se passe à Londres ? dis-je pour changer de sujet.

— Super. On a beaucoup de nouveaux clients, et j'ai d'ailleurs un projet dont j'aimerais te parler…

— Les garçons ! On a dit qu'on ne parlait pas de boulot aujourd'hui ! nous coupe Angel.

Nous grognons pour la forme, mais de toute façon l'ascenseur s'ouvre sur de nouveaux arrivants. Peu à peu notre salon se remplit : Ken et Élodie, Nathan et Mai Lan, Andrea et Madison, Steve, et même Jimmy et Tiffany. Cette dernière a un tournage à Monaco et en a profité pour emmener son fiancé dans ses valises.

L'ambiance est décontractée, on blague, on se serre dans les bras pour ceux qui ne se sont pas vus depuis un moment. Du coin de l'œil, j'observe ma femme qui est enfin détendue. Elle doit sentir le poids de mon regard, car elle détourne les yeux d'Andrea avec qui elle discute pour me sourire. Sourire que je lui rends. J'avais oublié à quel point cela m'avait manqué, alors depuis ces quelques mois que nous nous sommes retrouvés, j'en profite autant que je peux.

Nous passons à table et c'est tout naturellement que Sasha s'installe à mes côtés. Ma main cherche instinctivement la sienne, et dès que c'est possible, nous restons en contact de cette façon. C'est une des choses qui a peut-être changé dans notre relation. J'ai toujours besoin de la sentir proche, elle et Vadim également.

Si dans ma tête je m'étais préparé à être père un jour, cela restait tout de même un vague concept. Là, je me suis pris un trente-cinq tonnes en pleine figure. Pas seulement à cause de la façon dont Vadim est entré dans ma vie ; j'ai découvert qu'être parent était loin d'être une promenade de santé. Et jamais je ne me serais attendu à être aussi inquiet pour quelqu'un, tout le temps. Penser qu'ils seront bientôt deux m'effraie un peu, je dois l'avouer. Mais j'y prends aussi beaucoup de plaisir. Après une journée de travail, rien n'est plus satisfaisant que de retrouver ma femme et mon fils. Voir le monde à travers ses yeux d'enfant me donne l'impression d'être plus humain, en quelque sorte. J'ai hâte que le deuxième arrive. Sasha est persuadé que ce sera encore un garçon, moi je penche pour une fille. On verra bien ce que le destin a décidé de nous offrir. Une chose est certaine, cette fois-ci je serai présent à chaque instant, et je l'aime déjà.

Les desserts arrivent, et c'est le moment que j'attendais pour prendre la parole. Le petit bonhomme assis sur mes genoux râle un peu de devoir aller s'installer ailleurs, mais quand Nathan lui propose les siens, il n'hésite plus une seconde.

J'adresse un sourire à Sasha et me lève, avant de faire tinter mon couteau contre mon verre. Le silence se fait dans la pièce, et les yeux amusés ou curieux de tous m'observent.

— Chers amis, c'est un plaisir pour moi de vous avoir tous réunis ici aujourd'hui.

À la droite de Sasha, Andrea lui glisse à l'oreille, mais pas assez doucement pour être discret :

— Dis donc, c'est super formel, il a cru qu'il avait le Prince à table ou quoi ?

Sasha pouffe, et je jette un regard létal aux deux fauteurs de trouble. Ils adoptent une mine contrite, mais je sens qu'ils pourraient exploser de rire à tout instant. Alors je prends une respiration, et reprends :

— Bon OK, en fait je suis putain d'heureux qu'on soit arrivés à tous se réunir en même temps, alors qu'on a tous des vies à cent à l'heure. Je vais essayer de la faire courte, car je me doute que vous avez plus envie de boire mon champagne que de m'entendre parler.

Les rires fusent autour de la table, j'attrape la main de Sasha.

— Cette année et demie qui vient de passer a été totalement folle, il y a eu des moments très compliqués, d'autres heureux, mais je suis certain qu'aucun d'entre vous ne les regrette, pour la simple et bonne raison que sans eux, nous ne serions pas aussi nombreux autour de cette table, aujourd'hui.

Certains hochent la tête, d'autres sourient, Sasha serre un peu plus ma paume.

— Et en parlant de toutes ces aventures, je voulais prendre le temps de vous remercier tous à nouveau pour le soutien que vous nous avez apporté à Sasha, Vadim et moi. Pas seulement pendant ces quelques jours compliqués, quand ils ont débarqué à nouveau dans ma vie…

Ce que je m'apprête à dire, je n'ai jamais osé le dire à haute voix.

— Je voulais vous remercier d'avoir été là aussi pour moi avant, quand j'étais seul et en colère. Quand je me suis noyé dans le boulot pour oublier, vous avez été là pour me soutenir, m'occuper, et votre présence discrète a été un réconfort qui m'a aidé à surmonter ces longs mois sans Sasha.

J'échange un regard avec ma femme qui a les larmes aux yeux. Je porte sa main à mes lèvres et comme je ne veux pas me laisser submerger par l'émotion, je plaisante :

— Ah oui, et merci aussi à tous ceux qui se sont portés volontaires pour du baby-sitting, depuis.

— C'est certain que Nathan a un véritable talent pour ça, ricane Andrea.

C'est devenu une source de plaisanterie entre eux, le patron de l'agence de Saint-Tropez ne peut s'empêcher de lui rappeler sa malheureuse expérience, lorsque les hommes de Youri l'ont assommé. Lui fait mine d'être vexé, et c'est Sasha qui vole à son secours.

— Arrête de le charrier, il est du tonnerre avec les enfants. Et tu seras bien content de l'avoir près de toi quand Madison et toi sauterez le pas.

Andrea pâlit légèrement, apparemment l'idée de pouponner dans un futur proche n'est pas dans ses plans. Mais je suis bien placé pour savoir que tout ça peut vite changer.

— Bref ! Merci à tous d'être là ! On avait dit qu'on éviterait de parler boulot, mais je voulais tout de même vous faire un petit point rapide sur la situation. L'agence de Monaco se porte à merveille avec l'arrivée de Ken et Élodie, et je suis ravi de pouvoir me reposer un peu plus sur eux pour consacrer davantage de temps à ma famille. Du côté de Saint-Tropez, les affaires vont bon train, et je tiens à féliciter l'équipe d'Andrea qui réalise cet été une saison du tonnerre.

— Avec la série de cambriolages l'année dernière, les clients se précipitent chez nous. Et je dois avouer que le fait d'avoir aidé la gendarmerie locale à résoudre les meurtres nous a fait une sacré pub. Mais comme tu le dis, sans mon équipe, rien de tout ça ne serait possible, admet Andrea.

— En parlant de ton équipe, vous savez certainement que sa meilleure moitié Madison a passé son examen de détective la semaine dernière.

L'intéressée prend un air embarrassé et me coupe :

— N'en parle pas ! Tu vas me porter la poisse ! Je n'aurai les résultats que la semaine prochaine !

Je saisis ma flûte de champagne et la lève en sa direction.

— Félicitations, Madison ! dis-je avec un sourire entendu.

Ses yeux s'écarquillent, elle reste la bouche ouverte et c'est Mai Lan qui pose la question à sa place :

— Mais comment tu sais ça, toi ? Personne ne connaît les résultats à l'avance !

— Personne, sauf Ted Carter, conclut Steve.

Tout le monde lève son verre à la santé de Madison,

puis je poursuis mon petit discours. Dire que je voulais faire ça rapidement !

— Nous célébrons aussi aujourd'hui les récents succès de l'agence de Londres, qui sous la direction de James a repris du poil de la bête. Mais la plus belle réussite de notre collègue, il la partage avec son adorable femme, Angelina. Je crois que tout le monde a déjà fait la connaissance du petit Charles, et je ne sais pas vous, mais vu le tempérament de ses parents, je sens qu'il ne se laissera pas marcher sur les pieds, celui-ci.

— Oh oui ! Il a déjà un sacré caractère, commente sa maman en levant les yeux au ciel.

Tout le monde rit et félicite les heureux parents. Je suis particulièrement ravi qu'ils aient eux aussi leur happy end. J'ai toujours trouvé dommage que deux personnes qui s'aimaient autant se retrouvent séparées. Mais finalement, ces difficultés n'ont fait que renforcer leur amour.

— Bon, et la bonne nouvelle toute fraîche, c'est que je peux vous annoncer officiellement que *Florida Security*, notre nouvelle agence américaine, est enfin lancée ! Merci à Jimmy pour tout son travail, et à Tiffany pour sa patience, ajouté-je en glissant un clin d'œil à la jolie blonde. Et comme vous le savez, Steve, ici présent, quitte Saint-Tropez pour les rejoindre. Alors on leur souhaite à tous le meilleur pour cette belle aventure !

Cette fois-ci ce sont des applaudissements qui résonnent dans la pièce. Nathan tape dans le dos de notre analyste et déclare :

— Tu vas me manquer, mon pote.

Steve a l'air ému, et répond par un timide :

— Vous aussi.

Jimmy se lève et me demande :

— Ça te dérange que je dise quelques mots ?

Je lui fais signe d'y aller, et me rassois en posant mon bras sur les épaules de ma femme. Il se racle la gorge.

— Comme Ted vient de l'expliquer, l'agence en Floride est bel et bien lancée, les premiers contrats arrivent, et nous avons déjà une super équipe en place avec Steve qui nous rejoint bientôt, et Mouss, notre ancien compagnon d'armes, à Ken et moi, que j'ai réussi à débaucher. Mais si je voulais m'adresser à vous, ce n'est pas que pour vous parler de boulot.

Il se tourne vers Tiffany qui se lève à son tour.

— J'ai demandé la main de Tiffany il y a quelques jours, et elle m'a fait l'honneur d'accepter. Donc préparez vos passeports, car vous êtes tous invités au mariage en Floride à la fin de l'été !

Forcément, cette annonce provoque un tas de réactions allant des cris d'excitations aux applaudissements. On se lève, on s'embrasse, on veut admirer la bague, il règne une joyeuse cacophonie qui nous fait oublier à tous le dessert. Sasha tout contre moi murmure :

— Je crois que j'ai rarement été aussi heureuse qu'en ce moment.

Je tourne la tête pour déposer un baiser sur son front.

— Ça ne fait que commencer, réponds-je.

Le ding de l'ascenseur retentit, et personne n'y prête

attention à part nous. Stan en descend et il a l'air super gêné d'interrompre notre petite fête. Quand il me voit, il fonce vers moi.

— Désolé, boss, je sais que ce n'est pas le moment, mais on a eu un appel…

Il me tend un papier avec un message. J'en prends connaissance, puis me tourne vers Sasha.

— Ma puce, je suis désolé, mais le devoir m'appelle.

Elle me sourit, et répond :

— Vas-y. Je m'occupe de ceux-ci, dit-elle en désignant notre petit groupe bruyant. Fais-nous signe si tu as besoin…

Je dépose un baiser sur ses lèvres.

— Toujours, tu sais que les plus belles aventures sont celles qu'on partage.

FIN

Pour le moment…

Merci d'avoir suivi les aventures de l'équipe de Riviera Security.

Ne manquez pas notre prochaine série Florida Security (sortie Juin 2021).

RIVIERA SECURITY :

French Escapade - Tome 1

Italian Pursuit - Tome 2

Twist à Saint Tropez - Tome 3

Goodbye Saïgon - Tome 4

London calling - Tome 5

Monaco mon amour - Tome 6

Retrouvez notre belle équipe en 2021 avec la nouvelle série, Florida Security.

A PROPOS DE TAMARA

Depuis le succès de son premier roman, The Wedding Girl, publié en autoédition en 2015, Tamara Balliana a continué à écrire des comédies romantiques, développant au fil de ses romans un univers léger et contemporain qui séduit ses lectrices.

Ses livres sont maintenant traduits en espagnol et en italien.

Elle vit dans le sud de la France avec son mari et ses trois filles.

Elle adore avoir des nouvelles de ses lecteurs, n'hésitez pas à la contacter !

http://www.tamaraballiana.com

tamara.balliana@gmail.com

facebook.com/tamaraballiana

instagram.com/tamaraballiana

A PROPOS D'OLIVIA

En 2013, Olivia Rigal a rejoint le mouvement des "Indies" et publié ses premiers romans en anglais.

Ses romances à suspense lui ont permis de figurer à six reprises sur la liste des meilleures ventes du journal USA Today.

Depuis 2014 elle les traduit elle-même en français.

Ils sont aujourd'hui aussi disponibles en allemand, espagnol, portugais et italien.

Les histoires qu'elle y raconte peuvent être lues séparément mais il arrive souvent que ses personnages se rencontrent. Vous pouvez donc les retrouver au détour d'un autre roman.

Elle adore bavarder avec ses lecteurs alors surtout n'hésitez pas à la rejoindre en ligne.

Pour être informée des dernières nouvelles n'hésitez pas à rejoindre **le club des lectrices VIP :**

https://oliviarigal.com/VIP_Lectrices

ou à la suivre sur

facebook.com/AuthorOliviaRigal

twitter.com/byoliviarigal

instagram.com/oliviarigal

AUTRES LIVRES DE TAMARA

Wedding Planners

The Wedding girl

The Vegas wedding

Mariage et conséquences

Meurtre à l'autel

Wedding planners — l'intégrale

Love

Love in Provence

Love me if you Cannes

Bay Village

Coup de foudre & quiproquos

Diamant & mauvais karma

Fashion Victime & Volte-face

Domaine des Manons

Quand l'amour s'en mail

L'amour est dans le chai

Je veux un homme qui…

Un soupçon d'imprévu

N'oublie pas les chocolats !

Is it Love ? Adam

Trois fois deux

Million Dollar

Million Dollar Love

Million Dollar Sunset

Les frères Rossi arrivent en 2021

Livio, Matteo, Giovanni et Vincenzo.

AUTRES LIVRES D'OLIVIA

Du mauvais côté de la loi

Artistic License

Lyv

Jade

Noël au Chalet (avec Shannon Macallan).

Sauver Belle + Chaser (Category 5 Knights MC)

Les Tornades d'Acier

Froid comme la pierre

Froid brûlant

Fusion froide

À chaud

Chaud bouillant

Chauffé à blanc.

Oublier Doc

Alerte tornade.

Avis de tempête.

Surveillance ouragan.

COMPILATION

Froid (Froid comme la pierre + Froid brûlant + Fusion froide)

Les Curve Masters.

Hannah

Perdue

Trouvée

Partagée

Tabitha

NOTES

Chapitre 2

1. Helmuth Karl Bernhard von Moltke

Chapitre 4

1. Chaudasse : éméché
2. Guerlot : ivre

Chapitre 6

1. Нянечка – Nounou en russe.

Chapitre 8

1. Smirnov signifie homme doux, tranquille et obéissant.

Chapitre 27

1. Саша : Sasha en russe.

Impression à la demande
Dépôt légal : Mars 2021

Printed in Poland
by Amazon Fulfillment
Poland Sp. z o.o., Wrocław

76R00168